爆乳水着人妻をビーチでデカチンナンパ

～生真面目ぶって渋るのにハメるとイキまくるマゾ牝を孕ませオナホに躾ける夏～

著：有巻洋太

画：T-28

原作：Miel

オトナ文庫

ちゃんとお相手します
で、でもせめて物陰で…
ここじゃ、もし誰か
集まってきたら丸見えですっ

爆乳水着人妻をビーチでデカチンナンパ
〜生真面目ぶって渋るのにハメると
イキまくるマゾ牝を孕ませオナホに躾ける夏〜
夫と離れひとりでビーチにやって来た、勝ち組家庭の若妻。男好きのする豊満な女体と美貌の持ち主だが、自覚はない。
速水《はやみ》 霞《かすみ》
貧乏一家の四男でFラン大学中退の、負け組ヤング。性欲と精力だけは旺盛なためノリと勢いでヤリまくる、お気楽極楽な性格。
狩石《かるいし》 軽介《けいすけ》

プロローグ

速水霞《はやみかすみ》はありていにいって勝ち組と呼べる恵まれた人生を歩んできた。

大病院の医院長の次女として裕福な家庭に生を受け、名家の子女が多く修学するミッション系の私立一貫校に通い、大学時代に見合いで将来が有望な心優しい男性と出会った。

大学の卒業とともに籍を入れ、都内の高級マンションで夫婦水入らずの新婚生活が始まり、夫の誠実な愛を一身に受ける毎日はとても穏やかで充実している。

まっすぐで真面目な性格の霞にとって、いつも真摯な態度で接してくれる夫はとても好ましい信頼に値する頼れる伴侶だ。

とはいえ、霞もひとりの女で、全てを許す慈愛の女神とはいかないありふれた人間だからこそ、恵まれている今の生活でもひとつふたつくらいは不満を抱くこともある。

大企業に勤める夫は有能であるからこそ、多くの仕事を任される責任ある立場にあり、なにかといそがしい日々を送っている。

残業も当たり前で、休日出勤や出張も珍しくない。理性では仕方がないことだと分かっていても、もっと夫婦でふたりきりになれる時間がほしいと思わずにはいられなかった。

そんな霞の寂しさは、夫も察していた。愛する妻のためにどうにかしてやりたい。ならばどうする？　夕餉の食卓でひとつサプライズなプレゼントを申し出た。

「こんどまとまった休みが取れそうなんだ。よかったらふたりで南の保養所へ旅行に行かないか」

「それってたしか、きれいな海辺のビーチがある観光地だったかしら？」

「うん、こぢんまりしているけど、逆にそのおかげでひと気が少なくてのんびりできるいいところだよ」

もちろん霞に否はない。うれしそうに頷《うなず》き、微笑む。

「ありがとう、今からとっても楽しみだわ。そうだ、せっかくだし、新しい水着も用意しようかしら。あなたも、どう？」

「ははは、霞に任せるよ」

新婚旅行以来のふたり旅だ。夫婦そろって、わくわく気分もあらわに盛り上がる。

保養地のホテルの予約や飛行機のチケットも早めに押さえた。

もちろん水着も白いビキニを新調した。少し大胆なデザインかもと思わないでもないが、開放的な南国ならこれはこれでありだろう。

カレンダーに印を付けた日まで指折り数え、いよいよ明日が出発日となったその日の晩。

帰宅した夫の顔は沈痛なものだった。

「ごめん、急な出張が入った。クレーム対応のため、どうしても僕でなければダメみたいで……」

「そんなっ、それじゃ旅行はっ」

「本当にごめん。この埋め合わせは必ずするから」

「……いいえ、お仕事だもの。残念だけど、仕方ないわ」

夫の社内での立場に理解がある霞だ。内助の功に励む妻として、ここでわがままを口にするわけにはいかない。それでも楽しみにしていたふたり旅が不意になって、どうしても大きく肩を落とさずにはいられなかった。

「そ、そうだ、霞だけでも遊んできなよ。今から予約をキャンセルしたら違約金がもったいないし」

「なにを言ってるの。あなたがいないんじゃ、旅行に行く意味が……」

「どうせ僕はしばらく出張だ。ここでひとりで留守番しているくらいなら、青い空の下でエンジョイしてたほうがよっぽど有意義だよ」

「でも……」

「僕のことは気にしないで。逆に霞が楽しんでくれていたほうが、こっちも心おきなく仕事に集中できる」

正直いって、旅行気分は完全に消え失せていた。それでも夫が強く勧めるならばと、霞は気を取り直し、元からの予定どおりに家をたつことにした。

狩石軽介《かるいしけいすけ》はありていにいって負け組と呼べる底辺人生を歩んでいた。

絵に描いたような貧乏子だくさん一家の四男に産まれ、だらだらと惰性で公立校に通い、名前が書ければ合格できるレベルのFラン校に進学したのはいいが、なんか単位を取るのもめんどくさくなり大学を中退した。

もっとも軽介に悲壮感はない。周りの連中が男も女もみごとなまでにバカばっかだったので、お気楽極楽テイクイットイージーな生き方がデフォになっていたからだ。

同レベルの仲間たちで集まり、呑んで騒いでノリと勢いでヤリまくりのハメまくり。困ったことがあってもそのうちなんとかなるだろうとしか考えない。

バイトをしてもろくに続かないため、軽介は基本的にサイフが膨れることはめったになく遊ぶ金に不自由していた。

おかげで趣味は金のかからないナンパで、あわよくば女の子に色々おごってもらおうなどとほくそ笑むクズっぷりが板についている。

「晴れた日はセックス、雨の日は宅呑み～♪　晴交雨呑が俺のポリシーよ～♪」

軽介は今日も軽薄な鼻歌まじりに新たな獲物を狙って地元のビーチへとつま先を向けた。

第一章 月曜日の白ビキニ

軽介が足を運んだビーチは、片田舎の港町の避暑地として知る人ぞ知ると近年ではそこそこの評価を受けている。

地形の関係か山間から湿度の低い清々しい空気が流れ込んでくるため、サウナのような都会の夏に比べたら快適この上ない。

元は地元の人間しか利用しない閑散とした海水浴場だったが、町の役場が観光資源とすべく一念発起し、遠浅の立地を上手く利用したきれいなビーチとして整備されていた。

企業へのアピールも成功しているようで、いくつか保養施設も何件かあり、一年を通して平均気温が高く本格的な冬場以外はマリンスポーツも楽しめるため利用客には好評を博している。

「夏だ！　夏といえば海！　海といえばナンパ！　当たり前だよなぁ？」

軽介のテンションは高い。ナンパは数を撃てば当たる。百人くらいに声をかければひとりくらいは話を聞く体勢になってくれるものだ。なにより次から次へと声をかける勢いが大事というもの。

といっても、さすがに平日ではほとんど人影がみえない。大学中退してからブラブラ遊びほうけている軽介みたいな暇人なんて世間では少数派だ。

それでもダメ元でグルッとその辺をひと回りしてくるかなとポジティブな足取りで散策していたら——

「おおぉ！　ま、マジかよ！」

海の家からちょうど外に出てきた白ビキニ姿の物憂げなクール系美人を発見して一瞬で目が釘付けになった。

面積の狭いブラに抑えつけられた巨乳は、ただ歩いているだけでもたゆんたゆんと上下に弾んでいる。その上、むっちりした肉付きのお尻なんて今にもビキニがはち切れそうだ。

長い黒髪は艶やかな光沢を帯びており首を動かすたびにさらりと体表にそって流れている。見るからに手入れが行き届いているのが分かる。とても手触りが良さそうだ。

「うおぉぉ……っ、あんなSSR級エロボディなんてAVだって見たことねぇぞ！」

股間の肉棒も一瞬でフル勃起だ。このまま指を咥えたままスルーなんてしたら男が廃るとばかり、軽介は白ビキニの彼女をロックオン。

「こりゃぜったい仲良くならないとな。心情的にも肉体的にもよ」

視界の先で、いかにも女性らしいほっそりとした足が歩を進める。そのたび左右に艶めかしく揺れるお尻に引き寄せられるように、軽介はいそいそと後を追った。

霞は小さく溜息をつく。保養地に着いてから半日、特にこれといった目的もなくめぼしい場所を散歩していたが、やはり愛する夫が隣にいないと少しも楽しい気分になれそうにない。

一週間近くのひとり旅。つまらないバカンスになりそうだった。

「やあ、お姉さんどこから来たの？」

「………………」

「お姉さん、お姉さんってば」

「……え、あ、わ、私ですか？」

背後からの声に慌てて振り向くと、やたらと愛想のいい若者——軽介がヒラヒラと片手を振っていた。

「そうそう、つーか他に人いないっしょ。お姉さんひとり？　ほかに友達とかは？」

「あの、なにかご用でしょうか？　それともどこかでお会いしていましたっけ？」

「うんにゃ。初体面。だからこそ、今ここでこうして出会えたことにふたりの運命を感じない？」

「う、運命？　あの、いったいなにをおっしゃっているんでしょうか……あ、も、もしかしてナンパですか？」

「もちろん！　俺ちょうどヒマなんだよね。せっかくのビーチだ。一緒に開放的な夏を満喫しようぜ」

ついいつものクセで生真面目に対応してしまったが、ここは観光地だ。その手の軽薄な

輩はどこにでもいる。

　霞は表情をきつく改め、ナンパ男から距離をとろうとする。

「け、けっこうです。そもそも私、結婚してますので。他の男性には興味ありません」

「え、そうなの？　んじゃお姉さんじゃなくて奥さんか。その割りには旦那さんの姿が見えないじゃん」

「そ、それは……あなたには関係ないことです。それでは」

　とりつく島もないとはこのことだ。霞はそそくさと離れていき、軽介を無視してザブザブと海の中に入っていく。

　若者の言葉に取り合わず沖のほうで泳いでいれば、ナンパが目的ならそのうち諦めてどこか行くだろう。その判断は間違っていない。いつもの軽介なら、すぐに肩をすくめつつ次の獲物に興味を切り替えたはずだ。

だが、霞が軽介にとって好みのタイプどストライクだったことが災いした。

「へへへ、一生に一度巡り会えるかどうかのチャンスだぞ。ちょっと断られたくらいでめげるわけないじゃん。ナンパはヤルまでがナンパですってな」

ますますたぎって硬くなる肉棒を原動力に軽介も海水に入る。

「なーなー、俺と仲良くしようぜ。ホントは奥さんだってどうせヒマを持てあましてるんだろ？」

「ちょっと、付いてこないでください。あんまりしつこいようだと人を呼びますよっ」

それでなくても楽しみにしていた夫との旅行がおじゃんになり意気消沈していたところに、あまりのしつこい態度だ。思わずカッときて、イライラした様子を隠そうともせずに振り返る。

が、霞は不意に硬直してしまう。

「ひゃ……っ」

「ん？　どうかした？」

「い、いえべつに。ともかく、もう一度いいますが、私はあなたと遊ぶ気はありませんのでっ！」

キリッと断言したが、残念ながら目が泳いでいる。

軽介もとぼけたフリをしたが、彼女の視線が一瞬だけとらえた男らしい股間のテントに気づいて動揺してしまったのだとしっかり見抜いていた。

ナンパ経験が豊富な軽介は、霞の仕草に興味深い点を見いだす。

もし素で嫌がっているだけなら、知らない男の勃起なんてものを目の当たりにしたら、普通は生ゴミでも見るような顔つきになりそうなものだ。

しかし、今の霞からは嫌悪感だけではなく誤魔化しきれない好奇心が見え隠れしている。

「まあまあ、そりゃ人妻だったら見知らぬ男から声をかけられても困るよな。そこんとこは悪かったよ」

「だったら、もう大人しく向こうに行ってくださいっ」

「けどそれはそれとして、奥さんみたいな美人が海辺でひとり歩きしてるのはやっぱ気になるじゃん？」

軽介はニヤニヤしながらさらに距離を縮める。

「普通さ、女性ならグループで行動するでしょ。さっきも聞いたけど旦那さんはどうしたの？」

「そ、それこそあなたには関係のない話ですっ」

声を荒らげるが、だからこそ拙《つたな》い虚勢を見透かすことができる。どうしても勃起に向かってしまいそうになる視線を懸命に抑えようとしているのだろう。

（だったら……どうせ第一印象からして最悪なんだし、ダメもとで恐れるモノはなにもないしな）

不道徳な行為だろうが抵抗感が少ない軽介だ。水着の位置を直すフリをして、いきなり肉棒を露出してみせる。

「きゃあぁっ⁉　な、ななな……っ、ウソ、なんて大きさっ！」

「悪ぃ悪ぃ、うっかり飛び出しちまったぜ」

まるで悪びれない軽介に、霞は一瞬で真っ赤になった顔を背けて必死に手を振る。

「し、しまってくださいっ、早く！」

「はいはい、そりゃもちろん……って、あ～、こりゃ大きくなりすぎて、ちょっと収まりきらねぇわ」

しれっと応えつつ、硬直する霞の身体に股間を密着させた。

「ふざけないでくださいっ、ひぃ、擦りつけないで……っ！　やだ、なんて硬さなのっ」

「あ、べつにワザとじゃないんだ。波で身体が揺れるから仕方ないんで、ま、ガマンしてくれ」

「そんなメチャクチャな話がありますかっ、本当に人を呼びますよ⁉」

「まあまあ、旦那のいる身ならチンポなんて見慣れたもんだろ。処女のガキじゃあるまいしさ」

「そ、そそ、そんなもの女性に見せるようなものじゃないって言ってるんですっ」

反射的に言い返したせいで、意図せず肉棒を凝視してしまった。見慣れた夫のソレとはまるで別物の猛々しい長さと太さに、思わず生唾を呑み込んでしまう。

「ごくり……っ、って、やだ私ったら」

ハッと息を呑んで慌てて顔を背けるが、その顔は羞恥と抑えきれない好奇心で赤く染まっていた。

(やっぱ俺のチンポに興味津々って感じだな。こりゃもしかすると……へへ、ちょっとからかってやるか)

こうなると軽介のペースだ。調子に乗ってグイグイと責めていく。

「もしかしてチンポ見たことないの？　結婚してるっての、ただの男よけのウソなんじゃ」

「ウソなんかじゃありませんっ、ちゃんと夫はいますっ、お見合いで出会った優しくて素敵な人ですっ」

「じゃあどうして、その旦那さんの姿がないのさ」

「急な出張が入ってしまって……。せめてキミだけでもバカンスを楽しんできなよっていわれたら、夫の厚意は無碍《むげ》にできないしっ」

「なんだ旦那さん公認なら心おきなく羽を伸ばせばいいじゃん」

口角を釣り上げニヤニヤしながら、さらに密着して肉棒を露骨に押しつける。

「ひぃっ、絶対にワザとですよねっ、いい加減にしてください！」

「まただ～、まんざらでもないんでしょ？　だって、ほら」

いつのまにか、水着の上からでもハッキリ分かるほどに乳首が勃起していた。

「な、なにがほらです」

「乳首。コリッコリになってんじゃん。チンポ見ただけで反応するなんて、欲求不満なんじゃないの？」

「ふざけないでください、反応なんかしてませんっ、こ、こんなの最初からです……っ！」

「いやこれ絶対、乳首勃ってるって」

「セクハラもいい加減にしてくださいっ、あ、あなたになにが分かるっていうんですか……っ！」

霞のツンツンした態度が面白くて仕方がない。軽介にしてみればつい虐めてみたくなるタイプだ。

「照れるなって。誤魔化したい気持ちは分かるけどさ、旦那さんだっていないんだし素直になっちゃえよ」

「くうぅ、ですから、私はそんな、素直もなにも最初からなにも……っ」

「へ～、だったら確かめてやるぜ」

ここぞとばかり、堂々と目の前の巨乳を鷲づかみにしてやった。

「きゃあぁっ!?　て、手を離してくださいっ！」

「おお～、この張り具合と揉み心地！　こりゃ紛れもなく興奮して充血してきたオッパイだ！」

「興奮!?　ウソですっ、違います！　ちょっと、だ、誰かっ!!」

「ざ～んねん、周りには誰もいませ～ん。逆にあんたもいい子ぶる必要もないってことじゃん」

五本の指が易々とめりこむ豊満なマシュマロクッションに牡の獣欲を刺激されずにはい

られない。

霞が身体を捻って逃れようとするが、軽介の両手はしっかりと巨乳をとらえたままだ。

「こ、こんなのセクハラどころか完全に犯罪ですっ、まるで私が喜んでるみたいな言いがかり……っ」

「俺には見栄を張ってるようにしか思えないんだけどな～。特にこの乳首の勃起っぷりを見てみろよ」

水着をずらして乳首をじかに摘んでやると、たちまち甘い快感が乳房に拡がり、つい吐息を漏らしてしまう。

「あぁんっ、ちょ……っ、くうぅん、や、やめてください……そんな乳首しごいちゃダメですぅ！」

「甘い声が漏れてるぜ。敏感なんだな奥さん」

もっちりと指に絡みつく人肌の感触には、おもわずやに下がってしまう。

成熟した女体ならではの果実の艶めかしさに、みるみる肉棒に太い静脈がいくつも浮かび上がる。

「人妻ならチンポがこうなったら出すもの出さないと治まりが付かないってことは知ってるよな？」

「ひぃっ⁉　なにをするつもりですか……っ！」

「そうビビんなって。ちょいとシコってスッキリさせてもらうだけだからさ」

「うくぅ、ほ、本当にそれだけですか……？」

羞恥心が飽和しているのか顔が熱くて視界が霞みそうだ。頭までボウッとしてきて、思考も乱れてしまう。

「なんだ、それ以上のことをしてほしいなら喜んで協力してやるぜ？」

「それは……い、いえ冗談じゃありませんっ。け、けどこれ以上、ら、乱暴なことをしないと約束してくれるなら……」

「するするもちろん！　話が分かるじゃねぇの」

「うぅ、逆上して力ずくでこられても困りますし……だったら多少は……妥協くらいしても……」

身の安全を守るために背に腹は代えられないと考えつつも、その実、霞は無意識の領域で自分に言い訳をしていた。

「ただせめて場所を変えてください……こんなあきらかにヘンなことをしているところを見つかったら……」

「俺はべつに気にしないぜ？」

「私が困ります、殿方の事情は分かりますけど万が一、このことが夫の耳に届いたらと思うと……」

「なるほどね～。いいぜ、だったらあっちのシャワールームに行こうか」

軽介は霞の肩に手を回しながら、ほくそ笑んだ。

ビーチに併設されているシャワールームは軽介たちの貸し切り状態だった。ドアを開けて中に霞の身体を押し込むと、とたんに外界の音が遠くなる。

「どうだい、ここなら安心だろ」

「そ、そうですね。では、その……は、早くすませてください」

声は固い。しかし、チラチラと行ったりきたりする視線の先は、やはりそそり勃つ男の肉棒だった。

本当はまじまじと凝視したいのに倫理観と貞操観念がノイズになって自分の本音に気づいけていない。それをいいことに、軽介は焦らしにかかる。

「すませるってなにを？」

「と、とぼけないでください、そ、ソレを、だからアレして……」

「はは、もっと具体的に言ってくれないと。間違って誰かのどこかの穴にぶち込んじゃうかもしれないだろ」

「ひっ、お、大きくなっているオチンチンを自分でシコシコしてスッキリしてくださいと言ってるんですっ！」

人妻が羞恥に震える姿は、ますます軽介の興奮を煽るだけだ。調子に乗ってさらに霞を辱めようとする。

「奥さんは扱いてくれないの？」

「当たり前ですっ、て、手を触れるのだってごめんです！　夫とだって、そんなことはまだ……っ」

「ちぇっ、しゃーないか。んじゃさ、せめてもっとエロイポーズをとってくれない？」

「はぁ!?　なんで私がそんなことまで？」

「そのほうがチンポがハッスルして、早く射精することができるからに決まってるだろ。ちんたら時間かけてやってたら、誰か人がきちゃうかもしれないぜ？」

そう告げると霞は困惑して落ち着きがなくなる。軽介の言い分には納得できるものがあるが、かといってどうすれば扇情的に見えるのかが分からない。

人妻らしからぬ初々しさを見せられると、自分色に染めてやりたいという欲望がこみ上げてくる。そこで軽介は霞の背後に回り込み、背中を押して四つん這いにしてやった。

「奥さんはデカパイも最高だけど、このデカケツも絶景だぜ。こりゃセンズリもはかどりそうだわ」

「きゃあ!?　そんな言い方やめてください、それにこんな格好、恥ずかしすぎます……っ」

「べつに旦那さんとだってやってる格好だろ？」

「あの人はこんな変態みたいなことはしませんっ、う、後ろからなんてまるで動物みたいな……そりゃたまにならワイルドなのも……って、なにを言わせるんですか……やめてください……っ」

「いや〜、今どきバックなんて普通だろ。つーか、なに、あんたら正常位しかやってないの？」

振る。


　プライバシーをものともしない夜の夫婦生活に踏み込む質問に、霞は羞恥を覚え、頭を
「し、知りません、あなたには関係ないことです……っ、いいから早くすませて！」

「へいへい、んじゃチャチャッとやらせてもらうぜ」

　そのまま肉棒を扱きだす……と見せかけて、大きな尻の割れ目を使った素股を試みる。

「イヤあぁっ!?　ちょっとぉっ、や、約束が違いますっ、ヘンなモノを擦りつけないで……っ！」

「ヘンなモノなんて失礼だな～。こんだけ立派なサイズは、そうそうないはずだぜ。実際、旦那さんと比べてどんなもんよ？」

「くうぅ、お、おかしなこと聞かないで、知りません……っ！」

　羞恥に顔を赤く染めつつ、目を泳がせた。

「知らないってことはないだろ。ま、なんとなく想像はつくけどな」

　次から次へと滲み出てくる我慢汁を人妻の白い水着に擦りつけていく。ヌルヌルした感触とザラザラした布地の摩擦感があわさって、裏筋に甘い痺れが走る。

「んぅ、ううぅ、いやぁ……っ、あぁ、こんなのって、くうぅ……っ！」

「へへ、切なそうにモジモジ尻を振りやがって、こりゃどう見ても牝のおねだりダンスじゃねぇか」

「ふぅ、くうぅ……ぅ、おねだりなんてそんな、あぁ、気持ち悪くて落ち着かないだけな

んですっ！」

「ホントにイヤなら、べつに逃げてもいいんだぜ？」

　軽介はこれまでの経験と勘から自分の優位性を自覚していた。目の前の人妻は、とんでもない淫蕩性を秘めているダイヤの原石に等しい。

　ちょっと可愛がってやるだけで、淫らな本性がすぐに馬脚を現すことだろう。

「はぁ、はぁ、そ、それは……ううぅ、あぁ、いやぁ、こんなのあり得ないぃ！」

「さっきからバレバレだぜ。膝がガクガクして腰が抜けたように力が入らないんだろ？　牡フェロモン全開の俺のチンポに圧倒されてよ！」

「あぁんっ、違いますっ、そりゃビックリはしましたけど、はぁ、はぁ、圧倒なんて……っ」

口では否定しても、すでに水着の股間はジットリと濡れていた。卑猥な牝の匂いもプンプンと立ちのぼっている。

「いつまでそうやって自分の本音を見ないふりしてるんだ。意味ないぞ。なんせ、俺が満足するまで終わらないんだしな」

「はぁ、はぁ、だったら早く出してください……っ、ううぅ、無意味に辱めるようなマネはもう、や……めっ」

「べつに無意味じゃないぞ？　奥さんみたいなエロボディには羞恥責めが一番だしな。くうぅっ、チンポにもめっちゃクルんだよ！　こんなふうにな！」

肉欲の昂ぶりを抑えつけることなく、尿道を駆け上がってきた粘液を勢いよく解放する。

「あぁんっ、熱いぃいいぃ……っ、ウソ、信じられないっ、こんなにいっぱい……っ、あぁんっ！」

宙を舞うほど勢いのある射精が女体に付着するたびに、ピクピクと人妻の肢体に派手目な痙攣が走った。

どうやらぶっかけられただけで軽くイッてるらしい。

「いいねぇ、うっく、おおぉっ、気に入ってくれたようで俺もうれしいぜっ！」

「ふはっ、こんなに出るなんて……くうぅ、どんどんっ、あぁん、酷い臭いっ、汚れちゃうぅ……っ！」

「俺のは特濃だからなっ、奥さんの反応からすると、旦那さんのはよっぽど薄いみたいだな。どう？　間違いない？」

「ひぅ、はぁ、あぁぁっ、まだ出てるぅ……っ、こんなの見たことない……っ、ひぃ、ひいぃぃぃっ！」

小さな悲鳴には艶めかしい色が滲み出ている。

荒々しい肉棒の脈動が終わるころには、大きな尻の広い範囲が白濁液に汚されていった。

「はぁ、はぁ、や、やっとおわった……？　うぅ、お尻がベトベト……気持ち悪い……っ」

「ははは、気持ち悪い？　とてもそうは見えなかったけどな」

「ふぅ、うっく、ふざけないでください……っ、それにもう用は済んだでしょう？　離れてくださいっ」

「済んだってなにが？　見ろよ、俺のチンポはまだビンビンだぜ」

自信ありげな軽介の声に霞はギョッと目を丸くする。

「そんなハズは……っ、ウソ、いっぱい出したのにどうして……っ」

「つーかよ、逆になんでそんなビックリしてんだ。こんだけのエロボディ前にして一回で済むはずねぇだろ」

「で、でも夫は……いえ、その……」

霞の失言を耳ざとく聞きつけ、ニンマリと意地の悪い笑みを浮かべた。

「ん～？　へへ、なるほど。旦那さんときたら、よっぽどのがっかりチンポらしいな。いい機会だ。俺が本物の牡ってもんを味わわせてやるぜ！」

相手の都合は一切無視して、欲望のままに水着を剥ぎ取り膣穴を犯しにかかる。

背後の相手に股間をさらした無防備な体勢だったため、霞に軽介の暴虐を防ぐ余裕はなく、射精しても萎える気配がない肉棒が容赦なく膣腔を犯し貫く。

「くひぃいぃいぃっ⁉　ふおっ、あぁあぁぁっ！」

「おぉっ！　こ、こりゃスゲぇぇっ‼」

一気に付け根までねじ込んでやった途端、四方八方から火照《ほて》りきった粘膜が積極的に絡みついてきた。

いや、積極的どころかこれはもう貪欲と呼べるレベルで、これまで経験してきたどの女たちよりも肉棒に伝わる快感は大きく淫靡だ。

「くうぅっ、食い千切られそうだぜっ、舌を巻く吸い付き加減だなっ」

「ひぃっ、飛んじゃうぅっ、頭はじけるぅっ、あぁっ、あぁぁっ、死ぬ死ぬううぅっ！」

霞の喘ぎ声は激しい。強い突き上げの衝撃が胎内で弾けるのか、まるで半狂乱だ。

しかし、その秘窟は潤沢に愛液が湧き出しており、発情した牝のそれ以外の何者でもない。

「んはぁっ、ふおおぉぉっ、グリグリだめぇっ、壊れちゃうぅ、あなた助けてぇっ、あひっ、あぁん♪」

「なにが壊れるだっ、甘い声で悦んでるとんでもないドスケベ奥さんのくせによっ」

軽介の揶揄に、艶めかしい嬌声を上げていた霞がハッと我に返る。

「ふはっ、あはぁ、い、今いったいなにが……？　頭が真っ白になって、わけが分からなくなって……」

「そりゃ奥さん、チンポをぶちこまれただけでイッちまったんだよ」

「はぁ？　そんなウソでしょう、いくら夫とは全然違うからって……ふぅ、ふぅ、ありえません！」

「いやだって現に思いっきりアクメ鳴きしてたじゃん。今だって美味そうに締め付けているぜ？」

小刻みに腰を揺すって、肉棒の切っ先でコッコッと子宮口にノックしてやる。

「ひっ⁉　あぁなんで挿れてるのっ、そんな抜いてぇっ、こんなの聞いてませんっ！　も、もうコレは完全に犯罪ですっ‼」

「ははは っ、今さらかよ。俺に言われるまで気づかないってことは、身体が嫌がってないことだろうがっ。むしろこれ熱烈大歓迎で身も蓋もなく絡みついてくる、恥知らずな淫乱っぷりだぞ」

「ち、違いますっ、私はそんな女じゃありません！　これはなにかの間違いです、身も心も夫だけのもので……っ‼」

「え～、これがか？」

ニヤニヤしながら繰り返し子宮口を小突いてやると、官能の汗がうっすらと浮かんだ背筋にさざ波のような痙攣が走る。

「あひっ、あぁぁん♪」

「ほらみたことか」

思わず口唇を割って艶めかしい声を漏らしてしまったことに霞自身が愕然とする。

「ふはぁ、ウ、ウソですっ、ありえませんっ、い、いったい私の身体になにをしたんですかっ……!?」

「いや、普通にチンポで子宮をくすぐってやっただけだろうが」

「え、子宮にって……そんな奥まで届くなんてぇ」

「なにを今さら人妻が戸惑ってるんだよ……って、あ〜そっかなるほどな〜。つまり、奥さんの旦那さんのチンポが短すぎて子宮責めされた経験がないんだな」

意地悪で露骨なセクハラに霞の顔がサッと恥辱に染まる。

「へ、ヘンなこと言わないでください、夫を侮辱するのは許しませんよ……っ!」

「見栄を張るなって。ははは、これまでのことも全部なっとくいったぞ。奥さんの正体は粗チンの旦那に欲求不満たらたらな淫乱妻ってことだな」

「違いますっ、言いがかりですっ、夫に不満なんてこれっぽっちもぉ！」

「そう怒るなよ。自覚がないみたいだし、ここはひとつ、俺がたっぷり本物のチンポをご馳走してやるぜ」

しっかりと人妻の骨盤を両手でホールドし、勢いを付けた抽送を開始すると、腰を打ち付ける衝撃で、水着のブラでは支えきれない豊満な乳房が縦に大きく弾み出す。

「あぁぁっ!?　あんっ、あぁっ、そ、そんな乱暴なっ、くひぃっ、やめてぇっ、刺激が強すぎて……っ！」

「ははは、奥さんくらいのデカチチ淫乱人妻ボディなら、このくらいは準備運動の範囲だろうがっ」

「ふはっ、バカ言わないでぇ、ダメぇ、はち切れそうっ、お、お願いですぅ、せめてもっと優しくぅ……っ！」

「手加減してほしいって？　だったら素直になって俺の言うことなんでも聞くと誓えるか？」

「ひぃっ、ひぃぃっ、ち、誓いますぅっ、だからお願いっ、感じすぎて頭がおかしくなりそうなのぉっ！」

よほど刺激が強すぎて耐え難かったのか、軽介の誘いにあっさりと乗ってしまう。

だったら仕方ないなとばかり、軽介は抽送の勢いを落とし、膣壁をこね回すような、ゆったりとねちっこいマッサージ運動に切り替える。

「くふぅ、んは……っ、はぁ、はぁ、な、なんて酷い男なのっ」

「男に酷いは褒め言葉だぜ。んじゃさっそくだけど、奥さんのこともっと俺に教えてくれよ」

「あっ、あっ、もっとって……いったいなにを言えば……」

「まずはそうだな。旦那さんのチンポサイズを暴露してもらうぜ」

「そんな……っ、い、イヤです……っ、ふっく、そんなことを聞いていったいなにが楽しいんですかっ」

「おいおい、素直になるってたった今、約束したばっかかだろっ」

あえて霞の抵抗を歓迎するように、喜々として激しい抽送を再開する。

「イヤあぁぁぁっ!?　くはっ、んひぃっ、乱暴はやめてってっ……っ、あぁ、激しすぎるのおおおっ！」

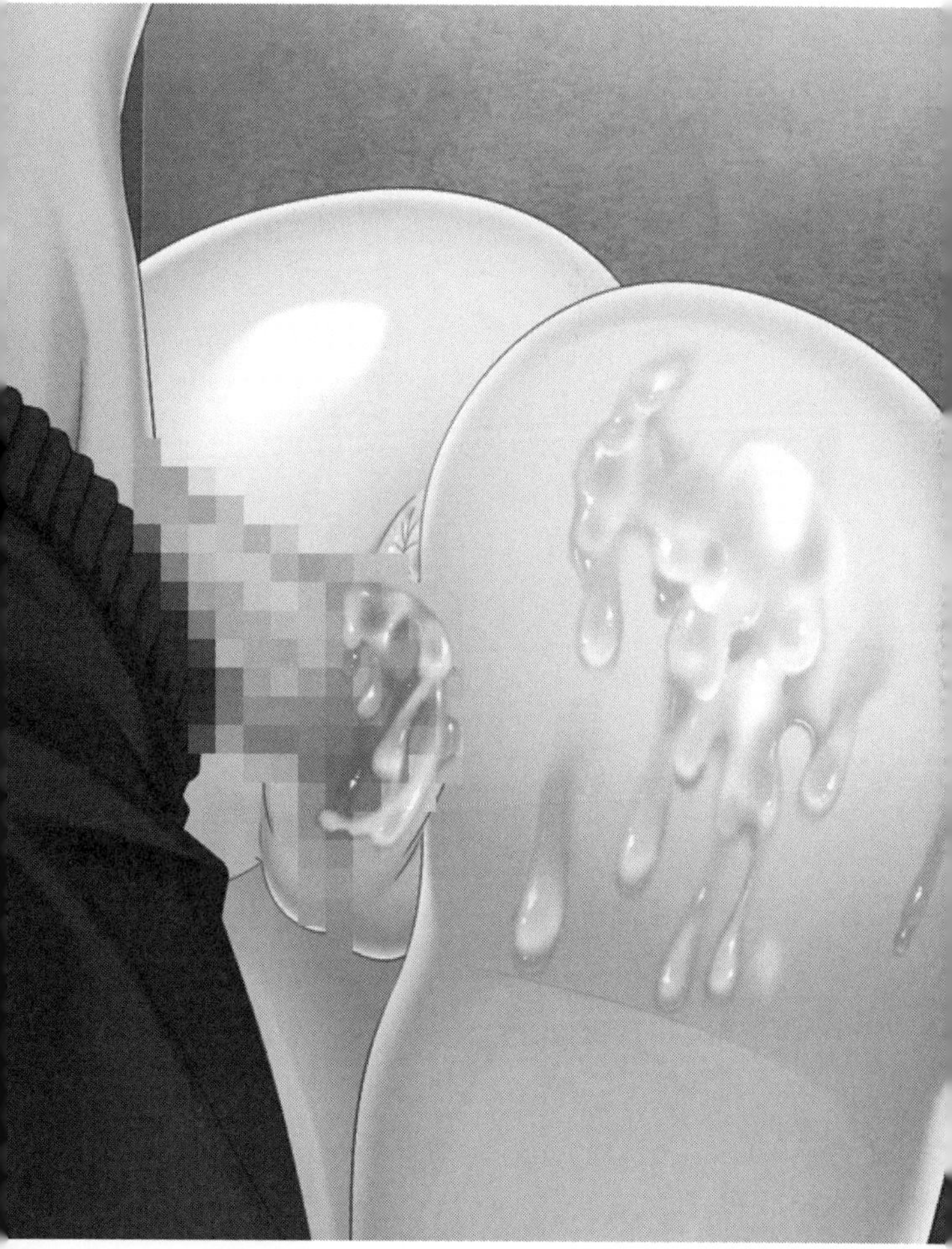

「おらおらっ、牝はチンポに逆らえないってことを身体に教えてやるぜっ、しっかり躾《しつ》けてやるっ！」

「ひいぃっ、ダメぇっ、ソコはっ、あひっ、あぁんっ、イヤぁっ、イクっ、また真っ白にっ、イッくぅぅっ！」

「ちょいと子宮を刺激しただけでこれだもんな。どんだけチョロいんだよ、敏感チョロマンコだなっ」

女体の不規則な痙攣がひっきりなしに繰り返されている。もはや霞は、子宮から湧き起こる大きな快感のうねりを自分で抑えることができない。

「ふはっ、と、止めてぇっ、イッてるのぉっ、灼けちゃうぅ、脳みそ灼けるぅっ、ひぃっ、ひいぃっ！」

「だったら正直に答えろっ、おらっ、俺はなんて質問したんだ？」

「んひぃっ、は、はい分かりましたぁっ、ごめんなさいっ、お、夫のアレはあなたの半分ほどですぅ！」

「もっと具体的にっ、ガキじゃないんだからちゃんとチンポと言えっ」

「くはぁっ、ち、チンポぉ……っ、夫のチンポは、あひっ、長さも太さもあなたの半分サイズですぅっ！」

愛する夫を貶めなければいけない恥辱の告白を口にさせられたことで霞の胸中は千々に乱れる。

乱暴な子宮責めを中断してもらえても、その表情は優れない。

「へへ、やればできるじゃん」

「ふっく、ふぅ、ふぅ、ひ、酷いです、こんなこと無理やり言わせるなんてぇ」

「しっかりイッといて貞淑ぶるなよ。それに質問タイムはまだまだ終わらないんだぜ」

「あんっ、あぁっ、そんな、ふはっ、イキたくてイッてるわけじゃないのに……っ」

「ウソつけ。もっとチンポほしいって露骨なおねだりでグイグイ締め付けてくるぞ」

それは全くの事実だった。貞淑な人妻とはとても思えない、性に飢えた牝の様相を呈している。

「旦那とのセックスじゃ満足したことない証拠だぜ。ほら答えてみろ、旦那のチンポでイッたことあるのか？」

「ううぅ、ど、どこまで嬲《なぶ》れば気が済むんですっ」

「いやいや、これも奥さんのためを思えばこそだぜ。好きなだけチンポを頬張りなよ」

こうなるともう霞を思うままに操るのは、赤児を手玉にとるよりも簡単だ。ひたすら子宮を刺激してやれば、飽和した快楽を持てあまして自分から軍門に下ってくる。

「ああぁんっ、またぁっ、ひぃっ、そんなゴリゴリってつ、あぁん、あなた許してっ、またイッちゃううぅっ！」

「ははは、ホントあっさりイキまくるな。で、旦那のチンポでこんな牝の快感を味わったことがあるのか？」

「あひぃっ、くほぉっ、な、ないですぅっ、夫のチンポでイッたことはありませんっ、あっ、あぁっ！」

「おまけに一回出したらそこで終わりなんだろ。そりゃ成熟した牝の身体にしてみりゃ性欲を持てあますわな。俺なら奥さんの身体だったら毎日使いまくってやるぜ。旦那さんとはどれくらいのペースでやってるんだ？」

普段であるならとても答えられない質問だ。だが度重なる絶頂の快感が強烈な自白剤となりとても抗うことができない。

「あぁっ、月に二、三回ですぅ、ふはっ、で、でも最近は仕事が忙しくて前にしたのは一月ほど前で……っ」

「そりゃ俺のチンポが美味くてたまらないわけだ。ビーチでも物欲しそうに目が釘付けになってたしな」

「物欲しそうになんてしてませんっ、た、ただこんな大きいのは初めて見たのでビックリしただけですぅ」

「ん～？　旦那さんの前に付き合ってた男はどうだったんだ？」

「くはぁっ、夫が初めての男性だったのでっ、あぁん、夫のが普通なんだとずっと思ってたんですぅ……っ！」

もう霞はすっかり軽介に操られるがままだった。硬く反り返った男根が勝手気ままに膣内で暴れるたびに身も蓋もなく屈服してしまう。

「断言してやる。あんたの旦那さんは粗チンも粗チン、悲しいくらいのハズレチンポだっ。ま、その点、俺のチンポはサイズも持久力も最高クラスの巨根だぜ。やったな奥さん、役得じゃねぇか」

「あはぁ、こんな無理やり犯されて、あぁん、役得もなにも……っ、ふはっ、ひっ、ひっ、ひぃぃっ！」

「いいや、俺のオナホ代わりに使ってもらえるんだぞ。奥さんにしてみりゃＷｉｎＷｉｎだって」

「あぁっ、あひっ、そんな身勝手な……っ、あぁっ、そんなまた子宮ばかりをっ、ふはっ、んひぃっ！」

勝手な言いぐさに反感を覚え、抗議の声を上げようとしても次から次へと沸き起こる抑えられない嬌声に塗りつぶされてしまう。

「子宮口が奥さんの一番の性感帯らしいからな。ついでにこのまま特濃の子種を奥にぶちまけてやるぜっ」

「んはぁっ、そ、そんなのダメですっ、赤ちゃんできちゃいますっ、あひっ、そ、外に出してぇぇぇ！」

「遠慮するなよ。旦那さんの薄いザー汁じゃ味わえない、こくまろな快感を子宮で味わわせてやろうってんだ」

「ダメぇっ、許してくださいっ、あひっ、あぁっ、どうか中出しだけはっ、あひっ、あぁんっ！」

　必死に懇願するが軽介は嘲笑うばかりで少しも抽送の勢いを落そうとはしない。

「言ってることとは正反対に子宮が下がってきたぞ。奥さんの身体は孕む気満々じゃねぇかっ」

「そんなことはありませんっ、あぁっ、だからそんなに激しく突かれたらっ、ま、またイッちゃううぅっ！」

「おお～、キタキタっ、こみ上げてきたぜっ、奥さん出すぞっ、もちろん俺は孕ます気で注ぎ込んでやるっ！」

「あぁっ、あひっ、あなた助けてぇっ、このままじゃ私ぃっ、あぁっ、ダメぇっ、激しい、チンポダメぇっ」

　何度も強制的に絶頂させられる恥辱の中、自分が取り返しのつかない領域に引きずり込まれそうになっていることを本能的な危機感で察知していた。

　しかし、霞にできたのはそこまでだ。熱い肉棒が精を放とうとすると、いっきに意識が白く染められていく。

「あっ、あっ、暴れてるぅっ、ビクビクってチンポがっ、も、もう私ぃっ、あぁん、イクイクイクぅうぅっ！　イヤあぁぁあぁっ、ふおっ、おおぉぉっ、熱いのいっぱい奥にぃっ、イクっ、イッくううぅぅぅっ!!」

「くうぅっ、絶好調だぜっ、キンタマじんじん痺れるぅっ、ほらほら奥さんマンコに大盤振る舞いだっ！」

「ダメなのぉぉっ、ひぃぃっ、ドロドロのが染みこんでくるぅぅっ、くはぁっ、おほぉおぉおっ！　またイクうぅっ、許してぇっ、もう出さないでぇっ、くはぁっ、中出しアクメさせちゃイヤあぁっ!!」

「イヤがってたらこんな扱きだそうとするような締め付けかたするかよっ、まったく素直じゃねぇなっ」

「あぁんっ、熱いぃっ、灼けちゃうぅっ、イキまくりぃっ、おかしくなるぅっ、ダメっ、ダメぇえぇぇっ！」

勢いよく噴出する熱い粘塊の感触は確実に人妻の精神まで犯していった。

「くはぁっ、はぁ、はぁ、ひ、酷すぎますぅっ、んひっ、あぁん、まだ奥でドピュドピュってぇぇぇ」

「それだけ奥さんマンコが絶品ってことだぜ。胸を張れよ、牝として優秀ってことなんだよ」

「あふぅ、む、無理やり何度もイカせるなんて……くうぅ、お、女をなんだと思っているんですっ」

「そりゃもちろんザー汁処理用の孕ませ穴だろ。その点、奥さんは最高だ。俺、ひと目で気に入ったぜ。これからしばらくバカンスで滞在するんだろ。だったら俺ともっと仲良くしようや」

軽介は勝手な物言いをしながら霞から離れると、スマホを構える。そのレンズは汗だくの痴態をさらしている人妻に向けられていた。

「はぁ、はぁ、な、なにを……？」

「まずはパシャリと。ついでに動画でエロエロのアクメ顔晒してる奥さんのアップも撮っておくか」

「ひぃ、う、ウソっ、やめてぇ、こんな姿、撮らないでぇっ」

逃げだそうにも凶悪な絶頂の余韻で四肢に力が入らない。弱々しくモジモジと身体を揺するだけで精一杯だ。

「へへ、連続アクメで腰が抜けて動けないだろ。こいつをネットでバラまかれたくなきゃ分かってるな？」

「あぁ、そんな……まだ私を嬲って遊ぼうとするんですか……あなたはとんでもない鬼畜の卑怯者です……っ」

恥辱の未来を想像したのか、悔しそうに呻くことしかできない。

しかし、肉棒が抜け落ちてポッカリと口を開いたままになっている膣穴は精液を溢れさせながら、うれしそうに艶めかしくヒクつくばかりだった。

第二章 火曜日のマイクロビキニ

翌日。

高い空を仰ぎ見れば白い雲とのメリハリの利いたスカッとするようなコバルトブルー。なんとはなしに眺めているだけで気分が高揚してくる気持ちのいい快晴で、男女がいちゃつくには絶好のビーチ日和だ。

むしろ、こんな日に部屋に引きこもって一日を無為に過ごすのは人生への冒涜だ。なにごとも面白楽しく過ごすべきと考えるのが軽介の信条なので、さっそく霞を呼びだすことにした。

ホテルの部屋も携帯番号も、昨日の蛮行を働いた現場で無理やり聞き出していたので、霞には居留守も呼び出しを無視することもできない。

軽介が砂浜で待つことしばし。今日も人影はまばらだ。週末になればそれなりに海水浴客がやってくるだろうが、平日に遊びにこられるのは夏休みが長い暇を持てあました大学生くらいだろう。

ほどなく、いかにも嫌そうに表情を強ばらせた霞が渋々と姿を現わす。

「……いったいなんの用ですか」

「おいおい、つれないね～。ずっぽり生でハメあった俺と奥さんの仲じゃないか」

「ちょっと、や、やめてください、声が大きいですっ！」

「いいじゃないの。他の人とは距離があるし、どうせ話し声なんて波にかき消されて聞こえないよ」

軽介は霞が苛立ちを覚えるほど、軽薄であっけらかんとした笑顔を浮かべていた。

「それはそうかもしれませんけど……で、でも困るんです」

「またまた、今さらかっこ付けてどうすんの。もっと開放的になって自分の欲望に素直になっていいんだぜ」

「ふざけないでください、本気で迷惑なのが分からないんですか？」

「ああ、分からないね。奥さんこそ、自分の立場が分かってる？」

これ見よがしにスマホを取り出してみせると、霞の表情が強ばる。思わず反射的に忌々しい存在でしかないスマホを奪い取ろうとして手が伸びかけるが、軽介は機先を制する。

「例のデータはPCに転送済みだし、俺のスマホをどうこうしたとしても、もう手遅れなんだぞ」

「それは……あぁ、これ以上、私をどうしようというんですか」

生々しい記憶も新しい散々味わった凌辱の気配に怯える人妻の姿は、さぞや正義感の強い男性からすれば庇護欲を刺激されることだろう。

しかし、その実この奥さん。貞淑なのは口先だけだ。身体は物欲しげにモジモジと内股を擦りあわせている。

　牡の獣欲にすなおな軽介にしてみれば、好色な笑みが止まらないというものだ。

「へへ、仲良くしようってだけだよ。さしあたって、その水着、地味だよな。実はプレゼントがあるんだ」

「こ、これで地味？　夫のためかなり冒険したつもりですけど……」

　なんだかんだで、のこのこと自分を犯した凌辱者の前にやってきたのは、無意識のうちに背徳的な牝の快楽を忘れられなかったからだ。

　倫理観の仮面で抑えつけられている人妻の本能を見抜いていた軽介は、霞の返事を待たずに相手の肩に手を回すと、そのままシャワールームへと足を運んだ。

「あぁ、こんな所に連れ込んで……またヘンなことをするつもりなんですね」

「俺なりに気を使ってやったんだよ。なんならビーチの真ん中で着替えさせてやってもよかったんだぜ」

　ドスケベ根性を隠すことなくニヤニヤしながら、持参してきたマイクロビキニを手渡す。

　細いヒモと小さな布地の組み合わせでしかない下品で頭の悪いデザインは、強く霞の羞恥心を刺激した。

「なっ⁉　こんなものを着ろと⁉」

「奥さんみたいなムチムチエロボディにはよく似合うと思うんだ」

「さ、さすがに大胆すぎませんか？　セクシーグラビアの女優さんならまだしも……ほ、ほら、普通はこんなので人前に出たら色情狂か頭のおかしい女だと思われてしまいますっ」

羞恥に頬を染めて抗議の声を上げる霞に、軽介はわざとらしく肩をすくめた。

「あのさ～、まだ理解できてないのか。自分が脅迫されている立場だって忘れてない？」

「くうぅ、それはその……わ、忘れていません……」

「ネットに奥さんの赤裸々な姿が無修正でバラまかれたいなら俺はべつに構わないんだぜ？」

「待ってください、もちろん困りますっ！　どうかそれだけはっ」

想像しただけで気が遠くなりそうだった。ネットに出回った破廉恥な写真は、もう誰にも取り消すことはできない。考えるまでもなく、ひとりの女性として身の破滅を意味するだろう。

霞は改めて今の自分が置かれている危険な立場を思い知らされた。

「だったら俺には逆らわないこった。分かったなら、まず今着ているものを脱いでもらおうか」

「は、はい、分かりました……あぁ、あなたごめんなさい……っ」

この場にいない夫への申し訳なさに胸を締め付けられながら、ビキニのブラとボトムに手を伸ばし、ためらいがちに脱ぎ捨てる。

拘束から解放された乳房が重力にひかれて乳首の位置を落とす。色濃く密集した恥毛を手で隠し、好色な視線から顔を背けた。

「こ、これでよろしいですか？」

「ちゃんと俺の言うことを聞く、素直な奥さんになるよな？」

「もちろんです。で、ですので、もう水着を着てもいいですか？」

「いいや、まだだね。こんどは頭の上で手を組んでガニ股になってもらおうか」

ただ辱めて楽しみたい。そんな下卑た欲望を堂々と浴びせられて、霞は動揺する。

「なっ、ど、どうしてですっ、もう十分じゃないですか！」

「十分かどうか決めるのは俺だ。ほら、さっさとしろっ」

己の優位性を自覚している軽介は嬲《なぶ》るように語気を強める。霞が自分の要求を拒むことができない立場だと知っているので、どんどん調子に乗っていく一方だ。

「ううぅ……、は、はい……。分かりま

した……」

両手を頭の後ろで組み、大きく膝を開く。とても受け入れられない現実に足が小刻みに震えた。

「あぁぁ、こんな格好……っ、恥ずかしすぎて頭がどうにかなってしまいそうです！」

「お〜、パックリいったな。変色気味の下品なビラビラやら、けっこう大きめなクリまで丸見えだぜ」

「や、やめてください、そんな女を辱めるようなマネをして楽しいんですかっ」

「ああ、楽しいね。見ろよ、このチンポを。奥さんのおかげで一瞬でビンビンだぞ」

硬く反り返った肉棒を取り出して、自慢げに突きつける。霞はふてぶてしいまでに存在感を誇示している男根に羞恥と嫌悪感が混じり合った複雑な思いを抱くが、同時に目が離せない自分がいることも自覚しておりやるせなかった。

「ま、またそんなに大きく……。す、凄いのは分りました、十分理解しました、これでいいですよね？」

「ダメだ。ほらその手で握って大きさや感触を旦那さんと比べてみろよ。もちろんこれ命令な」

「くうぅ、は、はい……命令なら逆らえませんし……では、失礼します……」

そっと手を伸ばすと脈打っているのが感じられ、つい丸い息を漏らしてしまう。

「その……とても硬くて、お、大きいです……ごくり、それにとっても熱いっ」

「もっと具体的に！」

「ううぅ、両手で握ってもまだ余裕で亀頭が余るチンポは夫の倍……いえ、三倍ほどの長さですっ。太さも……しっかり握っても親指と中指が届かないほどで、ドクドクと熱く脈打ってます……」

軽介の勝ち誇った笑みがますます図に乗っていく。肉棒に触れているうちに、人妻のヒンヤリした手が少しずつ温かみを増していく。牝の欲望を刺激されているからだ。

「奥さんを生まれて初めて牝穴アクメさせたチンポだ。握ってるだけで興奮してくるだろ」

「ば、バカなこと言わないでください、興奮なんて、夫に申し訳がっ」

とっさに反発を覚え言い返そうとしたが、それはこのろくでもない相手を喜ばすだけだとグッとこらえて、視線をそらした。

「も、もういいですよね？　水着を着させてください！」

「ふふふ、そんなにマイクロビキニが気に入ったのか？　だったら、しょうがないな」

「気に入るだなんて、ぜ、全裸よりもマシなだけですっ」

軽介から手渡されたマイクロビキニを、そそくさと身につける。

「あぅ、で、でもこれって……」

分かっていたことだが、自分が用意していた白いビキニに比べて、はなはだ落ち着かないにもほどがあった。

「全裸のほうがマシだったかもな。これじゃ誰が見たって変態露出狂だよ」

「あぁ、やっぱりそう見えますよね……こんな格好してるのを夫に知られたら……」

「細かいことは気にするなよ。それよりもせっかくなんだしお披露目といこうぜ」

「ちょ、ちょっと!? あ、イヤっ、押さないで！」

ギョッとして身をすくめるが、軽介によって外へと強引に押し出されてしまう。

数が少ないとはいえ、それでもたまには人目に触れてしまう。軽介に捕まっている以上、その場から逃げ出すこともできず、惨めな水着姿をさらすたび及び腰になるばかりだ。

「ううぅ、こんな姿で連れ回されたら……気が気じゃぁありませんっ」

「へへ、さっきすれ違ったカップル面白かったな。男なんて露骨に鼻の下伸ばして奥さんをガン見してたぞ」

「でも、彼女のほうは汚物でも見るような蔑んだ目で私のことを……。うぅ、とても耐えられません」

泣きたい気分で頭を振る。もちろん霞の言葉にウソはない。

しかし、それが人妻の胸の内の全てでもない。

「男のスケベ目線より同性の目のほうが余計にこたえるってヤツか。それはそれでご褒美なんじゃねぇの？」

「そんなわけないじゃないですか……つらすぎて恥ずかしすぎて穴があったら入りたいくらいです！」

「俺は奥さんの穴に挿れたいけどな」

抱いた肩をなで回し、耳元でハッキリと告げた。

「またそんなセクハラ……も、もうからかうのはいい加減にしてください」

「いいや、セクハラは男のロマンだっ、特に奥さんみたいなエロエロ美人はな。てなわけで、そろそろサンオイル塗ってやる。ここなら見晴らしもいいし他の男どもに見せつけられるしな」

　軽介の意味ありげな指の動きで身の危険を察したのか、霞はハッと息を呑んで怯えるように後ずさる。

「まってください……っ、こんないつ誰が通りかかっても、おかしくない場所でなんて……」

「だからいいんじゃねぇか。グズグズ抜かすなよ。ま、もっと恥ずかしい目に遭わされたいってなら……」

「い、いいえっ、けっこうです、大人しく従います。ですからどうかこれ以上ひどいことは……」

諦めたように肩を落とす。軽介がビーチシートを敷くと、その上に大人しくうつぶせになった。たっぷりと皮下脂肪が乗ったボリューミーな臀部は、まさに成熟した人妻ならではだ。

「う～ん、こりゃ揉みしだきがいがあるってもんだぜ」

「あの、サンオイルを塗っていただけるんですよね？　揉む必要はないような……」

「揉んだほうが楽しいだろうが。俺も奥さんもさ」

「た、楽しくなんかありません！　こんな水着を着せられたら恥ずかしすぎてとても落ち着いては……っ」

今だって誰かが近くを通り過ぎるたびに、身が竦《すく》む思いだ。

「ははは、ま、そういうことにしといてやるか。今は自覚がなくても後でイヤってほど思い知るだろうしな」

「またそんな勝手なことを……人を脅して無理やり従わせてるだけのクセに」

「そういう強気なところも奥さんの魅力だよな。まさに堕としがいがあるってもんだぜ」

男の大きな手のひらにたっぷりとサンオイルをぶちまけてから、色白で染みひとつない目の前の柔肌につかみかかる。

オイルを塗られた肌は感覚が鋭敏になる。しかも軽介の手と腕の動きは女体の性感帯ばかりを這いずり回っていた。

「んあっ、あふぅっ、イヤぁ、そんなあからさまに……っ、んんぅ、イヤらしすぎますぅ……っ！」

「デカチチも片手に収まりきらないサイズだけど、こっちのデカケツも大概だよな」

「んんぅ、指がめりこむくらい乱暴に揉むなんて、ふぁ、アザになってしまいますぅ！」

「大丈夫だって。こんだけ肉厚なデカケツがそんなヤワな代物かよ」

初めから霞の抗議にはいっさい耳を貸すつもりはない。ひたすら己の欲望ばかりを相手に押しつけていく。

「ふぅ、んく、お尻虐めないでください……っ、逃げたりしませんから、せ、せめてもっと優しくぅぅっ」

「揉めば揉むほど手触りにイヤらしい張りがでてくるんだけど？　もっと激しくして、の間違いだろ」

「そんなことはけっして……あぁん、イヤぁ、左右に開かないでぇ！」

「ははは、ケツ穴がシワの一本一本まで丸見えだぜ」

マイクロビキニはそのほとんどがヒモで構成されている。着用したところで肛門が覆い隠せるはずもなく、縦のラインを引いただけに過ぎない。

「ひぃ、そんなとこ見ないでください、いけませんっ、お尻の穴は見せ物なんかではっ」

「キュッと閉じたままヒクヒクさせやがって、さすが欲求不満の人妻はケツ穴までエロイぜ。誘ってるのか？」

「は、恥ずかしすぎてジッとしていられないだけです！」

「いいや、こりゃ絶対に誘ってる動きに決まってるぞ」

女性にしてみれば糞便をヒリ出す排泄器官だという思いがあるためか、乳房を見られるよりも強い羞恥心を感じているのは間違いない。それどころか、肛門に比べたら股間の恥毛のほうがまだマシかもしれない。

となれば、さらなる恥辱を味わわせてやるには、肛門責めは絶好の機会だ。軽介は無骨な指を遠慮なく褐色のつぼみに伸ばした。

「あぁん、イヤぁ……っ、冗談はやめてくださいっ、そこはお尻なんですよ！」

「知ってるっての。奥さんみたいな美人でも、毎日汚いモノをヒリ出してる穴だろ？」

「そんな言い方っ、あぁん、ダメですぅ、触らないでぇ！　ツンツンもイヤぁ……っ！」

肛門のシワをなぞるような指先の動きに、背筋が怖気立った。

「へへ、綺麗に洗ってお手入れも届いているじゃないの。イヤな匂いが少しもしないぜ」

「くうぅ、本当になにを考えているんです……っ、あぁん、こ、この変態っ！」

「俺が変態なら、そんな男の興味をそそってやまない魅惑のボディの持ち主は変態御用達の淫乱オナホだぜ」

サンオイルを潤滑剤にして、肛門に指を挿入していく。

「きゃあぁっ⁉　待ってっ、待ってくださいっ、そこは違いますっ、間違ってますぅ……っ！」

「お、お、生意気に抵抗する気か。けどそりゃ無駄な努力ってもんだぜ」

ピッチリ隙間なく閉じようとしても、一度指先が潜り込んでしまえばそこから先は相手の一方的なペースだ。強固な括約筋の収縮も、軽介はものともしない。

指の中程までずっぽりと肛内に進入を果たした。

「ひいぃ、痛いですっ、ぬ、抜いてくださいっ、そこは汚いのにぃ、あぁん、ダメぇぇぇ！」

「力むから痛いんだよ。イヤなら力を抜け」

「お尻に指を入れられて力むななんて無理ですっ、くうぅ、動かさないでぇ、裂けちゃいます……っ！」

「おいおい、たかが指の一本や二本くらいで人妻のケツ穴がどうにかなるわけないっての」

霞の狼狽した悲鳴を心地よく耳にしながら、軽介はさらに指の動きにドリルのように捻りを加え、ぐいっと指をねじ込んでいく。

「イヤぁんっ、くはぁっ、だからそこはお尻なんですぅっ、ど、どうして分かってくれないんですか！」

「安心しろ。ちゃんと分かってるって。女にとって下手したらマンコを見られるよりも恥ずかしいケツ穴だろ」

「だ、だったらどうして……っ、くぐうぅ、ダメぇ、ひ、拡げないでぇ、裂けるぅ、壊れちゃいますぅ……」

「へへ、逆だ。そうやってケガしないように、拡張マッサージしてやってるんだろうが」

軽く指先を曲げたまま、ゆっくりと抜き差しを繰り返す。男の太い指で栓をされて収縮を妨害された肛門のヒクつきは、軽介の獣欲を刺激するものだった。

「くうぅ、んぁ、お尻の穴を拡張？　あぁ、んぐ、いったいなんのために……って、ま、まさかっ⁉」

「前の穴が信じられないくらいの極上マンコだったからな。男なら後の穴も試したくなるのが人情だろ」

「で、でも、前ですらはち切れてしまいそうなくらい苦しかったのに！　絶対に無理ですっ、大きすぎて入りっこありません、くぐぅ、お尻の穴が壊れてしまいますぅっ！」

「大丈夫だって。人妻ってのはチンポとの相性が最高の生き物なんだぜ。まして奥さんくらいチンポに飢えた欲求不満妻なら、あっという間に順応するに決まっている」

霞でも知識としてはアナルセックスは知っている。だが、肛門で男を受け入れるなんておぞましい行為はどこか違う世界の話であり、健全な男女交際の常識からは外れた禁忌だ。

「あぁん、バカなこと言わないでください、ひぃっ、くぅぅ、ズボズボかき回しちゃイヤぁ……っ！」

「直腸がどんどん火照《ほて》ってくるのが指先に伝わってくるぜ。口とは反対に身体は興奮してるじゃないか」

「そんなことはありません！　ううぅ、お尻の穴をイヤらしい目的に使おうだなんて、おかしいですっ」

「じゃあ前ならいいのか？　中出し浮気生ハメと、がっつりアナルオナホにされるのと、どっちがいい？」

肛門に挿入された指が一本から二本に増えた。反射的にすぼまろうとするばかりだった括約筋の感触に柔軟性が現れ、まるで質のいいゴムのようになっている。

「くうぅ、どっちもごめんですっ、ぐぐぅ、これ以上、夫を裏切るようなマネは受け入れられません！」

「やれやれだな。もう自分の立場を忘れちまったのか。物忘れの激しい奥さんだぜ。こりゃ強制躾《しつけ》案件だな」

もとから人妻の身体への配慮はない。

軽介の本質は傲慢な嗜虐者《しぎゃくしゃ》であり、暴力的な興奮が膨れあがると自然に口角がつり上がった。そのまま肉棒を目の前の肛門に宛がい、杭打ちのような乱暴な腰使いで処女アナルへの挿入を試みる。

「ぎゃあぁあぁっ!?　ひいいぃっ、お尻壊れるううぅっ、やめてっ、挿れないでぇぇっ！」

瞬間的に肛門のリングが拡張されると霞の脳内に落雷を受けたかのような光が走った。

「おおっ、さすが一気に全部は無理か……。つーか、スゲェ締め付け！　やっぱアナルは未経験？」

「当たり前ですっ、お尻は出すところで挿れるところじゃ……って、ど、どうして、入ってきちゃうぅ！」

「そりゃ俺のチンポにかかればな。ちゃんと教えただろ、抵抗は無駄だってさ」

容赦なく体重をかけると、ゆっくりと肛内に肉棒が入り込んでいく。

「ぐひぃぃっ、太すぎますぅっ、ぐぎぎっ、ムリムリムリぃっ、前でっ、マンコでお願いしますぅ！」

「なんのために指でマッサージしてやったんだよ。大丈夫だ、順調に括約筋が引き延ばされていくぞ」

「あぁぁっ、おかしくなっちゃうぅっ、お、お尻がぁっ、ひぃ、くあっ、こ、これ以上は入りませぇんっ！」

勃起した男根の直径は、当たり前だが指とは雲泥の差だ。成熟した牝のボディラインを描く腰と尻が苦しげにくねっている。

「貪欲な締め付けの牝穴もいいけど、初々しい処女反応も最高だな。まったく一粒で二度美味しい奥さんだぜ」

「ぐぐぐぅ、苦しすぎて、気が遠くなりそう……っ、お尻許してくださいぃ、へ、ヘンになりそうぅ！」

「へへ、このまま結腸もこじ開けてやるぜ。カリ首に引っかかる感触がマンコみたいでたまらないんだこれが」

直腸はあっという間に青筋の浮いた剛直で埋め尽くされている。そこから先の禁断の快楽を生み出すS字越えも、猛々しい肉槍にかかればあっさりと突破されてしまった。

「くはあぁぁっ！　うおっ、んほおぉおぉぉおっ！　死ぬぅ、私のお尻がぁ……っ、ぐぎぎぃっ!!」

「はい、おめでとうっ、しっかり奥のほうまで犯してやったぜっ」

霞にしてみれば、まさに息が詰まるような未知の感覚だ。とても快感とは思えない。しかし、あまりに大きな刺激を脳が処理し切れていないだけで、淫蕩な素質に飛んだ人妻の肉体なら、じきに背徳的で妖しい肛悦にも目覚めることが可能だろう。

「ぬ、抜いてぇ、はぁ、はぁ、本当にコレ無理ですぅ、灼けた金棒でも突っ込まれたみたいでっ！」

「旦那さんよりも先に俺が奥さんの処女アナルをごちそうさせてもらったぜ。ありがとな！」

「うぅぅ、ひ、酷いっ、あんまりですぅ、お尻が爆発したみたいで感覚がおかしくぅ……っ！」

「へへ、つってもまだ拡張が不十分だな。括約筋がパッツンパッツンできつすぎるわ」

肉棒の付け根の部分に食い込むような締め付けがあり、まだ自由に抽送できそうにない。もっとも、肛門を支点に腰を大きく回せば腸壁の摩擦感は肉棒全体で存分に味わえる。

「あぁぁっ、イヤあぁっ、お腹かき回さないでぇっ、ぐひぃっ、ダメェっ、うぐぅ、んおぉおぉっ！」

「直腸がチンポに馴染むまでは苦しいだろうけど、慣れたらマンコとはまた別の次元の悦びを味わえるぜ」

「熱くて硬いのが奥までぇ……っ、んひぃっ、う、うそっ、ホントにチンポ付け根までずっぽりぃいぃ！」

「この厳しい躾のおかげで括約筋と結腸にオナホならではの柔軟性が身につくんだぜ。しかも俺のチンポサイズなら、薄い腸壁越しに子宮の側面にもゴリゴリ当たってるだろ」

軽介の腰の動きには迷いがない。肉棒に絡みつく腸管の感触をじっくりと堪能していた。

「おぐぅ、おかしくなるぅっ、ひぃ、ひぃ、つらくて苦しいだけですぅ、どうか許してくださいぃっ！」

「いやいや、その苦痛の利いたスパイスがアナルセックスのだいご味で、牝の身体にはたまらないんだぞ」

「そんなのウソですぅっ、くはぁっ、許してぇっ、あぁっ、太くて硬いのが暴れ回ってるのぉおっ！」

「う〜ん、マンコに負けないくらい熱く火照ってるぜ。結腸の部分も、カリ首にくすぐったいしな」

　膣腔の吸い付くような締め付けはないが、腸管独特の刺激が肉棒に心地いい。霞がケモノのように悶えるたびに腹圧が変化し、結腸部分が上下に蠕動《ぜんどう》する。

「処女アナル卒業オナホでさっそく全自動チンポ扱きのスキルを身につけるなんて、さすがだな奥さん」

「はぁ、あぐぐぅ、わ、私はなにもしていませんっ、お尻の穴で、そんなヘンなことできるわけが……っ」

「そりゃ自覚がないだけだ。なに、すぐに自分の身体の下品な本性をイヤでも知ることになるさ。う〜ん、思ったとおりマンコに続いてアナルでも俺と相性バッチリだな。じわじわとこみ上げてきたぜっ」

　睾丸に甘い痺れが走り、尿道がムズムズしてきた。肉棒の予備動作から射精の前兆を感じ取ったのか、霞は声を荒らげる。

「くはっ、あっ、あぁん、それって……っ、やめてくださいっ、せめて出すなら外でっ！」

「遠慮するなよ。牝ならザー汁の味をケツ穴でも覚えてこそ一人前だぞ」

「ひぃ、ひぃ、そんな一人前になんてなりたくありません、あなたの精液なんて気持ち悪いだけですっ」

「本当か～？　旦那さんの粗チンじゃ味わえない濃厚で野性味のある子種に、腰砕けになってたのは誰だ？」

軽介にはすでに霞の肉体を屈服させた経験と自信がある。人妻の反発心は、淫らな本能から目を背けようとするただの強がりにしか過ぎないと見抜いていた。

「あひっ、き、昨日のは違いますっ、無理やり乱暴にレイプされて、ヘトヘトになってただけで……っ」

「俺の記憶だと違うんだけどな。ま、どっちが正しいのか論より証拠だ。おらっ、たっぷり喰らいな！」

一気に昂ぶった射精欲を抑えることなく、腸奥めがけてぶっぱなす。

「あぁっ、ダメぇっ、やめてくださいっ、怖いんですっ、あぁ、そんなビクビク震えてぇ！」

瞬間、腸奥で圧倒的な獣性の噴出を感じ取るとそれがトリガーとなり、人生初の肛門絶頂に達してしまう。

「イヤあぁあぁっ！　あんっ、あぁっ、熱いのいっぱいっ、奥に染みるぅっ、ダメェっ、イッくううぅっ！」

「ははは、初アナルでもあっさり中出しアクメに達しやがって、やっぱりチンポに飢えてる人妻は違うな！」

「くひぃんっ、ふはっ、こ、これはなにかの間違いで……っ、あぁん、どぴゅどぴゅって凄い勢いぃぃぃぃっ！」

「どうだ、これで少しは思い知ったか。見栄を張るだけ無駄なんだよっ、この淫乱ド変態ボディはな！」

軽介の嘲笑う声に屈辱を感じるそばから、意に反して惨めな絶頂が何度も訪れる。

「あひっ、こんなハズじゃっ、あぁっ、イヤぁっ、またイッちゃうぅ、あなた助けてっ、イキたくないのぉ！　くはぁっ、お尻なのにっ、ふはっ、ダメぇっ、見ないでっ、お尻でイッちゃう私を見ないでぇぇ……っ‼」

鉄砲水のような激しい快楽が通り過ぎると、その場に残されたのは熱い余韻と自尊心を踏みにじられるような現実だった。

「んはぁっ、はひっ、ふはぁっ、ひ、酷い、ダメって言ったのにお尻に出すなんてっ！」

「そのおかげで生まれて初めてのアナルアクメを味わえたんだから、文句を言われる筋合いはないぜ」

「変態的なことにお尻を使われて迷惑なだけですっ、ふぅ、うく、お尻がヘンになっちゃう……。お願いです、身体がきついの……っ、も、もういいですよね、終わりにしてください……っ」

「おいおい、奥さん、オナホの自覚が足りないぞ。チンポが満足してないのに終われるわけがないだろ」

人妻の肛腔を深く貫いたままの肉棒は、少しも萎える気配がない。それどころか暖機運転は終わったとばかり、ますます凶悪な様相を呈してきた。

「そんな……っ、お尻の奥にたっぷり出されたドロドロの精液が気持ち悪くてたまらないのにぃ」

「気持ち悪く感じるのは、まだチンポに慣れてない初心者アナルだからだぜ。俺の見立てじゃ奥さんには変態マゾアナルの素質がある。そいつを俺が開花させてやろう」

「な、なにをメチャクチャなことをっ、私がそんな変態なんて……っ」

霞にしてみれば言いがかりの暴言に等しい。だがその強い反発心は、鎌首をもたげ始めた牝の疼きから必死に目をそらそうとする不安の裏返しでもある。

「ナンパで勃起チンポ突きつけられてドキドキしてるような欲求不満な奥さんが、変態じゃなくてなんなんだ？」

「あ、あれは、だからべつにドキドキなんて……っ、初めて見る大きさに、ただ驚いてただけで……っ」

「へへ、この初々しいキツキツアナルならちょっと動くだけで何度もイケるぜ」

「あぁ、だ、だったらせめてひと休みを……っ。それに、どうか精子を吐き出させて……ドロドロがお尻について気色悪くて」

「後の穴なら、いくら中出ししても妊娠しないしべつにいいだろ」

霞の哀願を完全にスルーして、一方的に肛腔を犯していった。

軽介は何度も射精し、霞はその度に深くて背徳的な肛悦を味わっていた。休む間を与えず、ひたすら肛腔をオナホにしているうちに、気づけば一時間ほどは経っていたようだ。

「ぐひぃぃっ、も、もう限界ですぅっ、もうイケませんっ、お尻許してっ、頭おかしくなるぅっ！」

「おいこら、いい加減にしろっ。お尻じゃないだろ、もう忘れちゃったのか？」

「あぁん、ごめんなさいっ、け、ケツ穴ぁっ、処女アナルでもすぐに中出しアクメした淫蕩なケツ穴ですっ！」

「よしよし、言葉遣いは大事だもんな。特に奥さんみたいな変態マゾはさ」

調子づいた笑い声を上げながら、自分の言いなりになる人妻の姿に牡の支配欲を心地よく刺激されて、軽介はますます暴虐に振る舞っていく。

「ふぅ、くむぅ、ひ、酷いっ、無理やりアナルアクメさせるなんて、あひっ、あぁん！」

「初めはあんなに強ばっていたケツ穴も、今じゃ立派な高品質オナホ穴だぜ」

派手に腰を振って肉棒を抜き差しするたびに、肛門が引きずられてイソギンチャクのように盛り上がる。

「しっかりチンポの動きに追随してるぞ。しかも上質なシリコンみたいなプヨプヨした感触にもなってるし」

「あっ、あぁっ、ダメなのに感じちゃう……っ、あんっ、むぐぅ、ケツ穴許してください、あっ、あっ、あぁっ！」

「ははは、情けない声しやがって。やっぱ気の強い女ほどアナルが弱いってのはホントだな」

「あぁんっ、もう感覚がおかしいんですぅっ、感じまくりで壊れるぅ、元に戻らなくなっちゃいますっ！」

自分が取り返しのつかない領域に踏みいってしまったと気づいたときにはもう手遅れだ。どれだけ拒絶しようとしても、覚醒したA感覚は肉棒で突き上げられるだけで圧倒的な肛悦を生み出してしまう。

「戻す必要なんてないぞ。奥さんは牝としてひと皮剥けたんだぞ。成長だっ、ほらほらもっとヨガリ鳴けっ！」

「おふぅ、ザー汁で腸がパンパンなんですぅっ、そんな乱暴に突いたりかき回されたりしたら……もうっ！」

「衝撃が満遍なく響いて気持ちいいんだろうがっ、しっかりチンポを愉しめるケツ穴になったんだからなっ」

「あぁんっ、私が望んだことじゃ……っ、おふぅ、くはっ、許してぇっ、激しいぃっ、チンポダメぇぇぇ！」

逃げ出したくても身体の自由が利かない。落雷のような連続絶頂の衝撃により四肢に力が入らず、肛腔を好き勝手に嬲られるがままだ。

「なにがダメだ、勃起チンポをしっかり丸呑みしながら感じている淫乱アナルのくせによっ！　大きな声で、どこがどんなふうに気持ちいいのか言ってみろっ、さっきやらせたみたいになっ!!」

「け、ケツ穴が直径五センチサイズに拡げられたまま極太チンポに栓をされて閉じられなくされてますっ。そのままズボズボチンポが出入りするのでぇ、くはっ、ウンチを無理やりさせられてる気分でぇ……っ、はぁ、はぁ、恥ずかしくてたまらないけどウンチをしてスッキリする快感を繰り返し味わってますぅっ！」

ビーチにはまばらだが人影がある。普通に会話する程度なら声が届くことはないだろうが、力の限り声を張れば波の音にかき消されることなく向こうまで届いてしまうだろう。

実際、不審げな視線を向けてくる姿がチラホラと見受けられた。霞は恥ずかしさのあまり気が遠くなりそうだが、肛虐の刺激が失神することすら許してくれない。

「それが性的快感で何度もアナルアクメしてます、までしっかり言えっ」

「あひぃっ、排泄感に性的快感を覚えてアナルアクメしてますぅっ、あはぁ、い、言わせちゃイヤぁっ」

「へへ、気持ちいいのはケツ穴だけじゃないだろっ、さあ目覚めたA感覚を包み隠さず白状するんだっ」

軽介にしてみれば理知的で無口な令嬢を思わせるクール系人妻美人が普段なら絶対に口にしないような下品な叫びを上げているのだから楽しくないわけがない。

「おふぅ、んおぉおぉっ、カリ首の段差が一センチ以上もある勃起チンポでケツ穴犯されますぅ……っ。奥の結腸をこじ開けられてカリ首で引っかかれるたびに脳みそが灼きつきそうになりますぅ……っ。あぁんっ、発情マンコを子宮責めされたときのように、ふはぁっ、か、感じているんですぅっ！」

「奥さんのケツ穴は排泄器官じゃなくて、チンポにジャストフィットする生オナホになったってわけだっ」

「そ、そうですっ、私のケツ穴はチンポにジャストフィットする生オナホになってしまいましたぁっ！」

「よしよし、だいぶ素直になったな。やっぱいくら浮気チンポ大好きな牝妻でも正直者なのが一番だぜ」

盗人猛々しいにもほどがある上から目線の言いぐさが、霞には悔しくてたまらなかった。

「ぐうぅ、なにが素直ですか……っ、無理やり脅迫して言わせてるだけのくせに……っ」

「へへ、言ってることはウソじゃないだろうが。こんなふうになっ！」

結合部の肛門から溢れ出る体液が白く泡立つほどに抽送の勢いを上げた。過敏な性感帯と化してしまった肛門粘膜を責め立てられて、霞は首を仰け反らせて絶叫する。

「きひぃぃいぃいぃっ⁉　ぐおおぉっ、イヤあぁっ、イキたくないっ、もうアナルアクメさせないでぇぇっ！」

「現実から目を背けようとしても無駄ってこったっ、ほらまたたっぷり中に出してやるぜっ」

「ひっ、ひぃっ、これ以上出されたらザー汁で腸が破裂しちゃいますぅっ、くはっ、ああぁっ！」

「浣腸したら二リットルは入るのが人間の腹だぜ。まして人妻ならその倍くらいは余裕だろう。せいぜい今までの射精量は数百ＣＣくらい。つまり、まだまだ奥さんの淫蕩な尻には余裕があるってこった」

大量の精液が腸管をひっきりなしに侵してくるので激しい腹痛をともなうキツイ便意に苛《さいな》まれていた。しかもそれがマゾ性を刺激するものだから、甘く痺れるような肛悦と相まって今にも頭がどうにかなってしまいそうだ。

「で、でも本当につらくて……っ、ぐうぅ、苦しくてとても余裕なんかっ！」

「ま、俺のザー汁は特濃だからな。子種たっぷりプルプルゼリーだらけでそりゃ粘膜への刺激も強烈さ」

「あぁん、だ、だからこれ以上はもう許してって……っ、ひぃ、ケツ穴ダメぇぇぇぇっ！」

「このままイクぜ奥さんっ、また卑しい本性を駄々漏れにした牝鳴きを聞かせてもらうぞっ！」

もう両手の指の数ではカウントできないほど中出しアクメをさせられている。霞は地面に縫い止められた昆虫のように藻掻くことしかできない。

「ふあっ、あっ、あぁっ、チンポ激しすぎるぅっ、ケツ穴裏返るっ、腸が引きずり出されちゃうっ！　あひっ、子宮にも響いてっ、あぁっ、ダメなのにっ、またイッちゃうっ、ケツ穴勝手にイキそうにぃぃぃ!!」

軽介の睾丸がせり上がり、大量の精液を放出しようとしていた。霞は人としてのプライドを投げ捨てた無様な哀願を叫ぶことしかできない。

「イヤぁっ、アナルアクメは惨めでたまらないのっ、イカせないでっ、あひっ、あっ、あああぁあぁ！」

腸管の奥で熱い粘塊が結腸にぶちまけられると、反射的にケダモノのような嬌声を繰り返し周囲に響かせてしまう。

「ふおぉおぉっ、ザー汁ぶっかけぇっ、イクイクっ、イッてますぅっ、ザー汁浣腸アクメぇえぇえぇっ！」

「くうぅっ、括約筋の細かい痙攣が最高だぜっ、うおっ、おおぉっ、こりゃ射精が捗るわけだよな！」

「イヤなのにイッちゃってますうぅっ、ひぃっ、くはぁっ、奥で感じるぅっ、どぴゅどぴゅ熱いのぉっ！　ふあっ、あひぃっ、夫のある身なのにぃ、許されないのにケツ穴が完全屈服ですぅっ、あぁあぁんっ!!」

「いいぞ奥さんっ、アクメ実況も条件反射の域に達したな。やっぱオナホの素質があるぜ、天才肉便器だ！　ははは っ、少しチンポで躾ただけですぐに覚えたもんなっ！」

「ひぃっ、チンポグリグリダメぇっ、結腸までマンコ化しちゃってるぅ、イクイクケツマンコぉおんっ！」

すでに頭の中まで真っ白な光に埋め尽くされていた。自分がなにを口走っているのか意識できないレベルの絶頂感だ。

やがて、暴虐的な肛門絶頂の荒々しい波が引くと、霞は我に返って恥辱の自己嫌悪に陥り、軽介への批難をうめくように漏らさずにはいられなかった。

「ふはっ、くぅ、かは……っ、ひ、酷すぎますぅ、こんな恥知らずなこと大声で叫ばせるなんてぇ」

「へへ、恨み言はお門違いだぜ。チンポに飢えてる淫乱で貪欲な身体は露骨に悦んでるぞ」

「うっく、ぅうぅ、悦ぶなんて……脅されて犯されている女が、そんなわけないじゃないですかっ」

「脅されて犯されているのに感じまくりのイキまくりしているのはどこのどいつだ？　俺にはすぐにピンときたぜ。奥さんは優しいだけの粗チン旦那じゃ手に負えない淫乱マゾの牝豚なんだよ」

軽介にしてみれば、官能の汗と絶頂の余韻で荒い息を吐く人妻の姿に憐憫の情が湧いてくるはずもなく、狩りの成果を誇るハンターと同じ極上の獲物を射止めたような高揚した達成感しかない。

「はぁ、はぁ、ひ、酷いっ、淫乱マゾの牝豚なんてただの言いがかりです、私はそんな女じゃ……っ」

「だったら試してやろうじゃないの」

嗜虐的な興奮に舌なめずりしながら、いきなり肉棒を引き抜いてやった。火山の噴火口のようになってしまった肛門のままでは屈辱的な粗相は免れない。霞は慌てて力を振り絞る。

「ああぁんっ⁉　あっく、ぐぐぐぅっ！」

「お、よくとっさにケツ穴を閉じられたじゃん。やっぱ牝の素質がある身体は違うな。初アナルをこれだけメチャクチャに犯されたら、普通は括約筋が麻痺して開きっぱなしになるもんだぜ」

「うぅぅ、それはだって……あぁ、お、お願いです、おトイレに行かせてくださいっ」

「それはどうしてだ？」

霞の下腹部からは活発な腸蠕動の音が低く響いている。

「それはその……あなたがバカみたいにいっぱい出すから、い、今にも漏れてしまいそうなんですぅ！」

「へへ、遠慮せず漏らせよ。しっかり見ていてやるからさ」

「はぁ⁉　正気ですかっ、そ、そんな恥ずかしくて汚い姿なんて見せられるわけが……っ」

「いいや、お前の本音は見てもらいたくてたまらないに決まってるだろ。だってマゾ豚なんだし」

スナップを利かせた強烈なビンタを、無防備なデカケツに打ち込む。ピシャリ！　という小気味いい音が響くとともに、またしても霞の身体に淫らな光の痺れが走った。

「くひぃいっ⁉　あぁんっ、ウソですぅっ、イクイクぅっ、どうしてっ、ひぃぃっ、こんなのってぇっ！」

同時にこれまで詰め込まれていた白濁液が、いっきに噴出してしまう。

ブビビッ、
ブビビビッ、

ブビビビビビビビィ！

「ははは っ、間欠泉みたいな勢いだぜっ、音も下品で真っ白なはずのザー汁もちょっと黄色がかってるぞ！」

「ひぃっ、ひぃっ、そんな、ダメぇっ、ケツ穴ザー汁噴水ぃ見ちゃイヤぁあぁあっ！」

他人からの視線を強く意識したのか、霞は無様にイキながらも必死に括約筋に力を入れた。みごとなことに、ピタリと惨めな噴出が止まる。

「ぐうぅ、ふぅ、ふぅ、うぐ……っ、ひ、酷すぎますぅ、む、無理やりお漏らしさせるなんてぇ」

「でも最高にスカッと爽快にイケただろ。常識人のフリしたマゾ豚の本領発揮ってわけだ」

「ふぅ、うっく、なんて言いぐさですか……っ！　女を辱めて喜ぶあなたこそ、人間じゃありません……‼」

「だからこそ奥さんに相応しい男は俺ってことになるな。例の粗チンの旦那さんが、女の尊厳を踏みにじるような辱めを与えてくれるか？　してくれないだろ？」

軽介の物言いは、世間一般の倫理観からは完全に逸脱している。霞にはとうてい受け入れることはできない。

「ふぅ、ふぅ、ですからそんな、私が自分から虐めてもらいたがっているみたいなことをっ」

「ふん、まだ認める気はないのか。だったら尻ビンタ百連発で、奥さんの本性を思い知らせてやるぜっ！」

「なっ⁉　まってくださいっ、もうこれ以上は……お尻もそんなにされたら椅子に座れなくなってぇぇ……っ」

狼狽する人妻の姿にますます興奮して、勢いよく腕を振り上げる。さっきよりもさらに

激しく厳しい尻叩きの刑が敢行された。

「ひいいぃっ、あぁんっ、ダメぇっ、また漏らしちゃうぅっ、イヤっ、イヤあぁぁっ！」

「おらっ、イケっ、たまってるザー汁を一滴残らずヒリ出すまで、ビンタ責めは終わらないぞっ！」

「くはぁっ、イクイクぅっ、許してくださいっ、せめておトイレで出させてくださいっ、ぐひいぃっ！　あぁん、また漏らしちゃうっ、ケツ穴言うこと聞かないのぉっ、見ないでっ、見ないでぇえぇぇっ‼」

空気と粘液が混じり合った下品な排泄音と、人妻の無様で悲痛な叫びが何度も鳴り響いて、ビーチに異様な性臭を撒き散らしていった。

第三章 水曜日のスリングショット

一度でも肉棒で堕としてしまえば、もう牝は牡に逆らえなくなるというのが軽介の持論だ。現にあの人妻も表面上は抵抗するが、行動はすっかり嗜虐者《しぎゃくしゃ》の言いなりになってしまっているのだ。

というわけで、軽介は今日も一方的に霞を呼び出してやることにした。あらかじめいくつかのエロ水着を渡しておいたうちのひとつを着てくるようにと命令することも忘れない。

やがて、周囲を警戒するようにキョロキョロしながら頬を染め、不承不承な気配を隠そうともしない霞がやってくる。縦の二本のヒモでかろうじて乳首と股間の割れ目が隠れているだけのスリングショットタイプを身につけていた。

「ううぅ、またこんないかがわしい格好させるなんて」

いかにも口調は不満げだ。しかし、コールしてから軽介の所にくるまで五分と経っていないあたりは、複雑な乙女心だろうか。

いや、乙女心というにはほど遠い、性欲を持てあました人妻の本性が、露骨に透けて見えていた。

「よく似合ってるぜ。やっぱドエロな淫乱ボディには下品な飾り付けに限るな」

「わ、私は淫乱なんかじゃありません……っ！」

「初アナルでもあっさりチンポに順応してイキまくれる身体が淫乱でなくてなんだってんだ」

「それは……そうかもしれませんけど、でもだからって私はイヤらしいことされて喜ぶような女じゃ……」

語尾がかすれるように小さくなっていく。ハッキリと断言したいところだが、自分でも信じられないような無様な姿を晒したあとではさすがにばつが悪い。

「恥ずかしくて惨めな思いをさせられると発情して股ぐらが熱く火照《ほて》ってくる自覚はあるのに？」

「発情なんて……身体が熱くなるのは恥ずかしすぎるからで、それ以上でもそれ以下でもっ」

「苦しい言い訳だぜ。ま、そのほうが後でチンポに屈服したときの顔が愉快でたまらないんだけどな」

軽介はそのまま霞を晒し者にしてやるべく、ビーチをしばらく連れてまわった。霞は抵抗する素振りは見せたが、強引に腕を引かれると脳裏に例の写真が浮かび、従うほかなくなってしまう。

人の頭ほどもありそうな豊満な巨乳だと、歩いただけで大きく乳房が揺れて、簡単にスリングショットのヒモがずれて乳首が露出してしまいそうになる。割れ目への食い込みもきつく、布地がプックリとクリの形に盛り上がっていた。

　もっとも、軽介にとって生憎なことに今日も人影はまばらだ。

「観光の穴場すぎるのも考えものだな。もっと奥さんをみんなに見せびらかしてやりたいのによ」

「これ以上、恥ずかしい姿を見せ物にされるなんて冗談じゃありません！」

「ま、そう真面目ぶるなって。せっかくのバカンスなんだし旅の恥はかき捨てって昔からいわれるだろ？」

　またなにかろくでもないことを思いついたのか、軽介はうさんくさい笑みを浮かべザブザブと海の中へと霞を引っ張っていく。

　そのまま平然と、硬くそそり勃ち我慢汁をしたたらせている肉棒を取り出し、人妻へと突きつける。さらにスマホを構えると霞に動揺が走った。

「ひぃっ!?　こんどはなんのつもりですか

……っ⁉」

「マーラ奥さまインタビュー！」

「は、はい？　インタビューってまさか、そのスマホで私を撮影するつもりですか⁉」

「カリ高勃起チンポのマラくんが淫乱バカンス中のド変態マゾ奥さんにいろんなことを聞いちゃうぜ」

軽介はノリノリだった。一方、遠目に窺える他の人影が気になって仕方がない霞にしてみれば、目の前の男の奇行は気が触れているとしか思えない。

「ふざけるのはやめてくださいっ、あ、頭おかしいんじゃないですか！」

「そりゃこんなエロエロな格好してるムッチリ美女を前にして、男が正気でいられるわけねぇだろ」

「あなたがこんなイカれた水着を用意したんじゃないですかっ、自作自演もいいところですよ！」

「へへ、じゃあ自分でも非常識だって分かっている水着をどうして素直に着ているんだ？」

「そ、それは、あなたに脅されて仕方なく……」

と、軽介がたちの悪い取材を試みるインタビュアーさながら、録画アプリを起動したスマホを突きつける。

「その辺をもっと具体的に。分かるよな？　自分の立場を踏まえた上での言葉遣いを意識してもらおうか」

「うぐっ、わ、私は愛する夫のある身でありながら、生ハメ中出し牝穴アクメをしてしまったのです……っ。そんな恥ずかしい姿を写真に撮られてしまい仕方なく……もちろん夫にバレるわけにはいきません……。ですがセックスは私が望んだことじゃありませんっ、無理やり犯されてしまっただけでけっして……っ」

「無理やりなんて言ったら、そりゃ自分がレイプされても快感を覚えるマゾ牝だって証明するだけだぞ」

　立場の弱い女につけこむ揚げ足取りは、軽介の十八番だ。

「だ、だから喜んではいないんですっ、本当につらくて恥ずかしくてっ！」

「それなら、愛している旦那さんのチンポでイッたことはあるのか答えてみろよ」

「ううぅ、な、ないです……あぁ、夫の

ことはこれ以上、許してください……っ」

「ダメだ。俺に教えてくれたことを、もう一度、この撮影中のスマホの前で繰り返してもらおうか」

それでなくても取り返しのつかない痴態を撮られてしまい脅迫されるハメになっているのに、このままではますます恥辱的な弱みを握られることになってしまう。

しかし、そうと分かっていても恥ずかしさのあまりのぼせたように頭に血が上っている状態では、今の窮地を乗り切るためのアイディアが都合良く思いつくはずもなく。

「あぁ、夫はとても忙しい人で、今回の旅行も夫だけ急な出張でこられなくなってしまいました……せめて私だけでも楽しんできてと、旅行に送り出してくれた本当に優しくて思いやりのある人なんです」

「男にとって大事なのは優しさとかじゃなくてチンポだろ。肝心のところをぼかすな。ほら旦那さんのチンポは？」

「それはその……うぅ、あなたのチンポの半分……いえ、よく見れば半分以下のサイズしかありません……。持久力も……連続で一時間以上平気で続けられて十発以上の射精も余裕なあなたとは違います……一回挿れたら五分ほどで射精してしまい……回復に二、三日かかります……あぁ、あなたごめんなさい……」

夫を貶めるつもりはさらさらなくても、侮辱する側に荷担せざるをえない事実に歯噛みすることしかできない。

悔しそうに声を震わせる人妻の顔つきに歪んだ興奮を覚える軽介は、乳房を縦に押さえつけているスリングショットを左右に開くようにずらしにかかる。

「ははははっ、そりゃあ旦那さんとのセックスでイッたことがなくてもしかたないな。なんせ……」

「きゃあぁっ⁉ な、なにをっ、ここは外なんですよ！」

露出させられた乳首は、あからさまに尖りきってツンッと上を向いていた。

「見ろよ、このいかにも牝の性欲を持てあましていそうな、めちゃシコボディ」

「やめてくださいっ、だ、誰か人が来たら見られてしまいますっ！」

「スリングショットの痴女人妻が、今さら乳首のポロリくらい気にすんな。むしろ隠さず見せつけてやれっ」

「そんな……。あぁ、でもあなたのことだから、きっと一度言い出したら聞かないんでしょうね……」

「俺のことを分かってきたじゃねぇか。んで、インタビューの続きだ。奥さんが淫乱なのはマンコだけか？」

恥辱の告白を強要されて霞の心拍数は跳ね上がっていく。視線で周囲を窺うと、すぐ側に人影がないことだけが救いだ。たとえそれが気休めにすぎないとしても理性を手放さないためには欺瞞を必要としていた。

「ううぅ、お尻でも……け、ケツ穴でも無理やりチンポで犯されたのにイッてしまいましたっ！　あぁ、もちろんアナル処女だったのに一時間以上オナホ扱いされながら何度もイキまくったんですぅ!!」

「まだ昨日の話だから、記憶も生々しいだろ」

「そ、そうですね。実はその、まだ熱くて硬いチンポの感触が残っていて……とても落ち着きません……」

「それ俺のチンポの形を完全にケツ穴が覚えちゃったからだぜ。もう旦那のチンポじゃ満足できないな」

「うくっ！　そもそも、夫は後の穴に興味を示すような変態じゃありません!!」

キッとにらみ返すが、軽介にはどこ吹く風だった。

「ここで重要なポイントは、旦那さんじゃなくて奥さんがアナルの快感を知ってしまったってことだろうが。ま、チンポの味を覚えちまったのは、貪欲マンコのほうもだけどな」

「またそうやって女を辱めて悦ぶようなことを……。ふん、いつまでもそうやってればいいんです。どうせ私への嫌がらせができれば満足なんでしょうし」

「おいおい、俺が言葉責めだけで満足するわけねぇだろ。これだけチンポがギンギンに硬くなってるんだぞ？」

あきらかに霞の強がりなのは透けて見えたが、生意気な態度を見せる姿に嗜虐的な興奮を覚え、背後に回り込むと膣穴めがけて不意打ち気味に挿入した。

「ああぁんっ!?　くひぃ、そんな、いきなり挿れるなんて……っ、ぐうぅ、なにを考えて

いるんですかっ！」

「いい加減学習しろよ。チンポってのは出すもの出してキンタマスッキリしなきゃ治まらないいんだぜっ」

「だからって、あぁっ、グリグリねじ込まないでっ、愛撫もなしじゃ身体の準備がぁ！」

「いいや、とっくにトロトログズグズに蕩けきってるぞ。羞恥心を刺激されてマゾの血が反応したんだな」

軽介の言葉にウソはなかった。乳首と同様に女性器も、誤魔化しようがないほどに牝の昂ぶりを示している。ヌルッと滑らかに入り込む肉棒を拒むものはなにもない。

「ふあっ、あぁん、大きいぃっ、はち切れちゃいそう……っ、ダメぇっ、そこはっ、あっ、あぁっ！」

「そうだ、奥さんが大好きな子宮責めだぜ。ここを小突いてやると、熱烈な締め付けが返ってくるんだよな」

身も蓋もない牝の反応を嘲笑ってやると、霞は羞恥に震えつつも艶めかしい吐息を抑えきれない。当人も圧倒的に不利な状況を察したのか、すぐさま白旗を揚げた。

「くうぅ、んあっ、あぁん、分かりました、ちゃんとチンポのお相手をしますっ、あひっ、あぁっ！　で、でもせめて物陰で……っ、ふあっ、ここじゃもし誰か集まってきたら丸見えですぅっ!!」

「逆に見せつけてやれよ。鶏ガラ女にしてみりゃ、ボンキュッボンの勝ち組ボディなんて嫉妬の的だぞ」

「あぁっ、見せつけるなんて、こんなの恥ずかしいだけで優越感の欠片もありません！」

「奥さんは見られることで輝く女だから自信もてよ。ま、見られることで感じるド変態でもあるけど」

膣肉の反応を嘲笑いつつ、遠慮のない抽送を繰り返し、嫌がる人妻の女体を弄んでいく。

「あひっ、あぁっ、こんなのダメですぅっ、くはっ、んひっ、許してくださいっ、あっ、あぁんっ！」

「へへ、どうせ俺の言いなりになるしかない立場なんだから、いい加減、諦めて愉しめよ」

「ひぃ、ふはっ、で、ですからこんな場所じゃ、あぁん、気が気じゃないって、ふあっ、んひぃっ！　愉しむなんて無理ですっ、あっ、あんっ、お願いですから分かってください、あぁ、やめてぇぇぇっ!!」

突き上げてくる快感にとうていかなわないのは、十分に思い知らされていた。どうせ耐えられないのなら、せめて愛する夫を持つ人妻として失格な情けない姿を第三者の目に晒す事態だけは避けたかった。

「ホント、素直じゃねぇな。気持ちよくてたまらないんだろ？　ほら、発情マンコ感じてるって言ってみなっ」

「あぁんっ、は、発情マンコ感じてますぅ……っ、くはっ、強くしないでぇ、これ以上されたらぁっ」

「おう、見栄を張る余裕がなくなるんだろ？　いいぜ、だったら強引に奥さんの本音を暴き立ててやるっ」

抽送の勢いをどんどん上げていく。膣腔と肉棒のピストンで愛液が白く泡立てられていく卑猥な音も露骨になってきた。

「あぁっ、そんなっ、やめてってお願いしてるのにっ、あぁんっ、酷いですっ、ふあっ、ひっ、ひいぃっ！　ダメぇっ、響いちゃいますっ、電気流れるっ、あぁっ、ゴリゴリ当たってっ、チンポが子宮にぃぃぃ‼」

「奥さんの身体は、もうとっくに俺のチンポに屈服済みなんだよ。ほらどうだっ、卑しい鳴き声を上げてみろっ」

「あひぃっ、ダメぇっ、チンポ凄いぃぃっ、ふはっ、許してくださいっ、頭真っ白にっ、あっ、あぁっ！」

「遠慮はいらないから好きなだけ貪れよ。ほらどこが気持ちいいっ、正直に言ってみなっ」

ひと突きごとに子宮口を的確にこすり上げていた。

「あぁっ、ふ、深々と突かれるたびにズンって響いて、あぁっ、子宮が熱くなりますぅ……子宮の手前でも、立派なカリ首で擦られるたびに、痺れて腰砕けになっちゃいそうなポイントが……」

「そこはGスポットだろうな。旦那さんの粗チンじゃちっとも刺激になってなかったみたいだし」

「あふぅ、もうなにがなんだか……ぜ、ぜんぜん頭が回らなくて、ぁんっ、ぁぁ……っ！　ズボズボって乱暴に動いているカリ高勃起チンポの存在感が大きすぎて、あひっ、私っ、も、もう……っ！」

灼きつくような快感に煽られて貪欲な牝の欲望が刻一刻とかさを増していき、決壊寸前の堤防のように理性が悲鳴を上げていた。

「あっさりイキそうになってんじゃねぇよ。ま、ここで焦らしたりはしないぜ。俺って優しいだろ？」

「あぁぁっ、もっと激しくするなんてぇっ、もうダメぇっ、耐えられないっ、イヤぁっ、イッちゃうぅっ！」

「いいぜっ、たっぷり奥にぶちまけてやるから、活きのいいチンポに感謝しながらイッちまいなっ！」

「くひぃぃっ、おおっ、ふはぁっ、目の前で火花飛んでるぅっ、マンコ凄いっ、きちゃうっ、あぁぁんっ！　あひっ、暴れてるぅっ、チンポもビクビクってつ、ぁぁっ、ザー汁がっ、あっ、あっ、あっ、ああぁっ!!」

霞の身体が鞭を打たれたように大きくビクンと跳ねた。

「イックううぅっ、ふあっ、熱いザー汁感じるぅっ、いっぱいっ、あひっ、ドピュドピュ出てますぅぅっ！　くはぁっ、イクイクマンコぉおぉっ、ひぃっ、ふはっ、チンポが中出しぃっ、ザー汁アクメぇぇっ!!」

「おおぉっ、いいねぇっ、今日もチンポは絶好調！　くうぅっ、ザー汁の量も勢いも最高だろ!!」

「ひぃっ、くぐぅ、またイクううぅっ、あっ、あぁんっ、粘膜に染みこんでくるぅっ、あぁっ！　強制アクメ止まらないぃっ、特濃ザー汁凄すぎますぅっ、ひぃっ、ひぃっ、牝穴はチンポにかないませぇんっ!!」

生理的な嫌悪感を覚える汚濁に子宮が蹂躙《じゅうりん》されていく。そんな感触にどうしようもなく蕩けるような悦楽を感じてしまう。否定したくても否定できない牝の充足感が確かにそこにはあった。

脳裏を灼くような閃光が過ぎ去り、ガクガクと震えていた肢体がフッと弛緩する。

「はぁ、はぁ、あふぅっ、ま、また避妊もしないでそのまま出すなんて……っ」

「ふぅ、ゴムなんて使ったら興ざめだろ。やっぱ牡と牝の交尾なら、ガッツリ生でやらないとな！」

「ううぅ、私は夫のある身なのよ、妊娠なんてしたらあなただって困ったことになるのに」

「中出しされて、しっかり芯から蕩けてるくせに、なに常識人ぶってんだか」

深々と打ち込まれたままの男根に、火照りきった膣壁が愛おしげに絡みついてくる。これでは男の口元に勝ち誇ったような下卑た笑みが自然に浮かぶというものだ。

「そ、それは……それとこれとは違……あぁ、やだそんな、ますます子宮が火照ってくるなんてっ」

「そっちもエンジンかかったようだな。そうだよな、お互い、ここからが本番だぜ」

「ひっ、ま、まだ続けるつもりなんですか？」

「当然だろ。さ、続きはビーチに上がってからといこうぜ」

「うぅ、そんな……あぁ、で、でも……分かりました……」

　反発心は残っていても、逆らうだけ無駄なことは身体で思い知らされたのか、意外と素直に霞は軽介に従う。

　霞は絶頂の余韻が残っているせいか、足下がおぼつかない。砂浜に残る足跡はまるで千鳥足のようだ。

「ふぅ、ふぅ……。そ、それでこんどはいったい私になにをするつもりなの？」

「するんじゃなくて、してもらうんだよ」

　軽介は砂浜の上にビーチシートを敷いて、仰向けに横たわった。愛液と精液でヌラヌラと濡れ光る股間の肉棒は、硬く反り返ったままだ。

「さぁ、俺の上に腰を下ろして、その欲求不満人妻マンコでずっぽりチンポを頬張ってもらおうか」

「じ、自分からあなたの相手をしろと？　そんな無理です……やったことありませんし」

「騎乗位なら自分のペースで動けるから、だいぶ楽になるぜ。俺が好き勝手に奥さんの身体を貪ったらどうなるのか、あんた自身がよく分かってるだろう？」

「うくっ、それはそうですが……イキすぎて頭がおかしくなると訴えても、無視してやめてくれませんし」

霞の声には警戒心が滲み出ていた。いったいこんどはどんな悪巧みをしているのかと、探るような視線を向けている。

「俺としちゃチンポさえ満足できればいいいんだ。相手に主導権を握られるのと、どっちがいい？」

「なんでその二択しかないんですか。けど、そうですね。わ、私は脅迫されている立場ですし……」

言葉にはしないが、軽介に犯された時点で倫理観では抑えきれない牝の性欲に火が付いていた。

もちろん今もなお羞恥心と恥辱感を忘れたわけではない。しかし、ピンク色の子宮脳になってしまった人妻は、理性的な判断よりも女体の訴えを優先してしまう。

あくまで自分は逆らえない立場なのだという大義名分が引き金となり、霞は軽介に跨るとそそり勃つ男根を己の膣腔へと誘おうとした。

「んんぅ、んふぅ……っ、あ、あら……？　おかしいですね、こ、こう……？」

しかし、潤沢な粘液のせいか、何度か腰を上下させても割れ目にそって亀頭が前後に滑ってしまう。

「へへ、早くしてくれよ。焦らしたりしないで淫乱マンコのオナホ扱きを味わわせてくれ」

「そ、そっちこそ急かさないでくださいっ、こんな体勢は初めてなんですから……」

「ははは、チンポ百本切りくらいしてそうな淫乱ボディなのにな。この人妻とは思えない拙《つたな》さが見た目とのギャップになって逆にエロイってもんだぜ」

あれだけ偉そうに清廉な貞操観念を口にしていた人妻が、浅ましい牝に成り下がって他人の肉棒を求めるようになったら、さぞや愉快なことだろう。

軽介にしてみれば懸命に挿入を試みようとしている姿は、牡の獣欲を刺激する格好の的だ。

「ふぅ、んく、か、からかわないでください、結婚しているからエッチ慣れしてるはずなんて偏見ですっ」

「いいや、若い男女で普通に性欲があったら、ヤリまくりのハメまくりになるって決まってるだろ。ま、奥さんのところは粗チンの旦那さんのせいで、ろくにセックスしてなかったみたいだけどなぁ」

「うぅ、そういう見下した態度は本当にやめてください……あの人はとても素晴らしい男性で……」

「いつまでもそうやって良識ぶっていられるか楽しみだぜ」

霞の腰の動きに、軽介が切っ先の位置を合わせてやると、先ほどの凌辱で受け入れ体勢を万全の物としていた牝穴は念願の男根を迎えることができた。

「くはぁっ!? んぐうぅ、ち、チンポ入りましたぁっ！」

「もっとしっかり付け根まで呑み込めっ」

「んあっ、あああぁ……っ！　くひぃぃっ、またゴリって子宮にぃっ‼」

騎乗位が初めての霞は腰の動かし加減が分らず、つい勢いよく腰を落してしまった。その結果は絵に描いたような自爆だ。

「さっきイッた影響で粘膜が敏感になったままだろ。あっさりまた達したみたいだな」

「ふぅ、んぐぐ、そこまでチョロくありません……っ、ふうぅ、ちょっとビックリしただけですっ」

「へへ、そういうことにしといてやるぜ。それより早く俺をスッキリさせてくれよ」

「はぁ、はぁ、え、ええ、もちろん忘れてはいません……」

霞は恐る恐る、様子を窺うように肉棒を締め付けてくる。

「うっく、んぅ、あぁ、なんて存在感っ、隙間なく埋め尽くされているのが、よく分かります……っ！」

「もっと遠慮なく感じ取ってみろ。形や硬さに体温が旦那じゃ味わえないレベルなんだしな」

「ふぅ、うく、い、いちいち夫のことは持ち出さないでください、はぁ、くうぅっ！」

「大事なことだろ？　比較対象がいるからこそ、こうして気持ちいい思いができる幸せを実感できるんだぞ」

他人の人妻に性奉仕を無理強いしておいてこの尊大な態度だ。霞はムッとした顔つきになるが、すぐに後ろめたそうな声を漏らしてしまう。

「はぁ、はぁ、気持ちいいなんて……」

「俺のチンポは気持ちよくないのか？」

「ふぅ、んぁ、そんなこと言わせないでください……」

羞恥を堪えるように弱々しく頭を振るが、否定できない時点で牝の本音を如実に物語っている。

「そんなザマじゃ、俺を満足させる前に奥さんのほうがグロッキーになりそうだな」

「はぁ、はぁ……っ、こんな意地の悪いチンポの相手をさせられてたら、くぅぅ、だ、誰だって……」

「いいや、感じやすい淫乱マンコの奥さんだからこそだぜ。だって、奉仕してる分際で相手よりも自分のほうが強く感じてるってことだしな」

「そ、そんな話、聞きたくありません！」

少しでも早く恥辱の時間を終わらせたいとでも思ったのか、ゆっくりと腰をふり出す。たちまち粘膜を刺激する摩擦も大きくなるため膣壁の悶えるようなヒクつきが派手になっていく。

「んぁ、はぁ、あぁぁっ、くひぃ、中でカリ首が、こ、擦れるぅ、ふぁ、あぁぁん……っ！」

「そうだ、いいぞ、がんばれ。そうやって自爆覚悟で奉仕しなきゃ、いつまでたっても俺をイカせられないぜ」

「あっ、あぁ、ふあっ、や、やだ、声がでちゃうぅ、ふあっ、こんな、外なのに……っ、あっ、あぁっ！」

「さっきだって気持ちよさそうに喘いでいたんだし、今さらだぜ」

歯に衣着せぬ指摘に、霞はなにも言い返せない。夫との睦言では味わったことがない本能を刺激する快楽に、流されてしまわないようにするだけで精一杯だ。

「くうぅ、お願いです、ど、どうか早くイッてください……っ、あぁん、誰か人が来る前に……っ！」

「そりゃ奥さんの努力次第だろ。オナホらしいチンポ扱きで無理やり搾り取ってみせたらどうだい」

「で、でもこうしたご奉仕は初めてなので、んぁ、あ、どうしても勝手が分からずっ」

「だったら俺がアドバイスしてやるぜ。マンコテクが未熟でも雰囲気で牡を興奮させりゃいいんだよ」

たとえ人妻だろうがなんだろうが、目も眩むような成熟した女を自分好みの都合のいい肉便器に仕上げる。自分勝手極まりない男のロマンを実現すべく、軽介は霞に卑猥な躾《しつけ》を施していく。

「ふぅ、ふぅ、なおさら無理な話ですっ、雰囲気なんてあやふやなものじゃ、想像もつきませんし……」

「いいや、奥さんはもう知ってるはずだぜ。服従の証にガニ股ポーズさせたことがあるだろ。つまり、貞淑な美貌からは想像もつかない下品で無様な姿を晒すのが、俺のチンポには効くってこった」

「はぁ、んぁ、あ、あんな恥ずかしい姿を晒せと？　うぅ、でもたしかにあなたほどの下劣な男なら……」

「へへ、ついでに、そんな下劣な男と知ってても従うしかない、恥辱に震えている美人ってのも大好物だぜ」

霞を大切にしたいわけでも愛されたいわけでもなく、ただ支配して性欲処理の道具にしたいだけなので、軽介は小物で即物的な下卑た本性を隠そうともしない。これも圧倒的に優位なポジションを自覚していればこそだ。

「くっ、で、では私はどうすればいいのか教えてください。ちゃ、ちゃんと言うことを聞きますから」

「そうだな～、腰を振るテンポにあわせて、繰り返しチンポシコシコって大きな声を出してもらおうか」

「なっ⁉　はぁ、はぁ、うっく、本当に女を辱めるのが好きですよね、あなた、はぁ、あぁ……っ」

「ちゃんと言うこと聞くんだろ？　ほら、がんばれ。もっと俺を楽しませてくれよ」

「わ、分かってます……っ、ふぅ、ふぅ、んぁ、で、では……っ」

脳裏で夫に詫びてから、大きく息を吸ってプライドを投げ捨てた。

「あぁんっ、ち、チンポぉ、シコシコ……っ、はぁ、はぁ、チンポ、シコシコぉぉ……っ！」

それこそ真っ赤になって必死に腰を振っていた。肉棒への絡みつき具合も一段と増し、軽介は射精欲を煽る生々しい快感に満足げな白い歯を見せる。

「おお、いいぞっ、それ最高！」

「あぁん、もっと大きくするなんて……っ、くうぅ、それでなくてもきつくてたまらないのにぃっ」

「だから俺のチンポにはよく効くって教えただろ。さあさあ、もっとやってよ。もっと恥ずかしい姿をさ」

「ううぅ、チンポ、シコシコぉ、はぁ、あひっ、ち、チンポっ、シコシコぉおっ！」

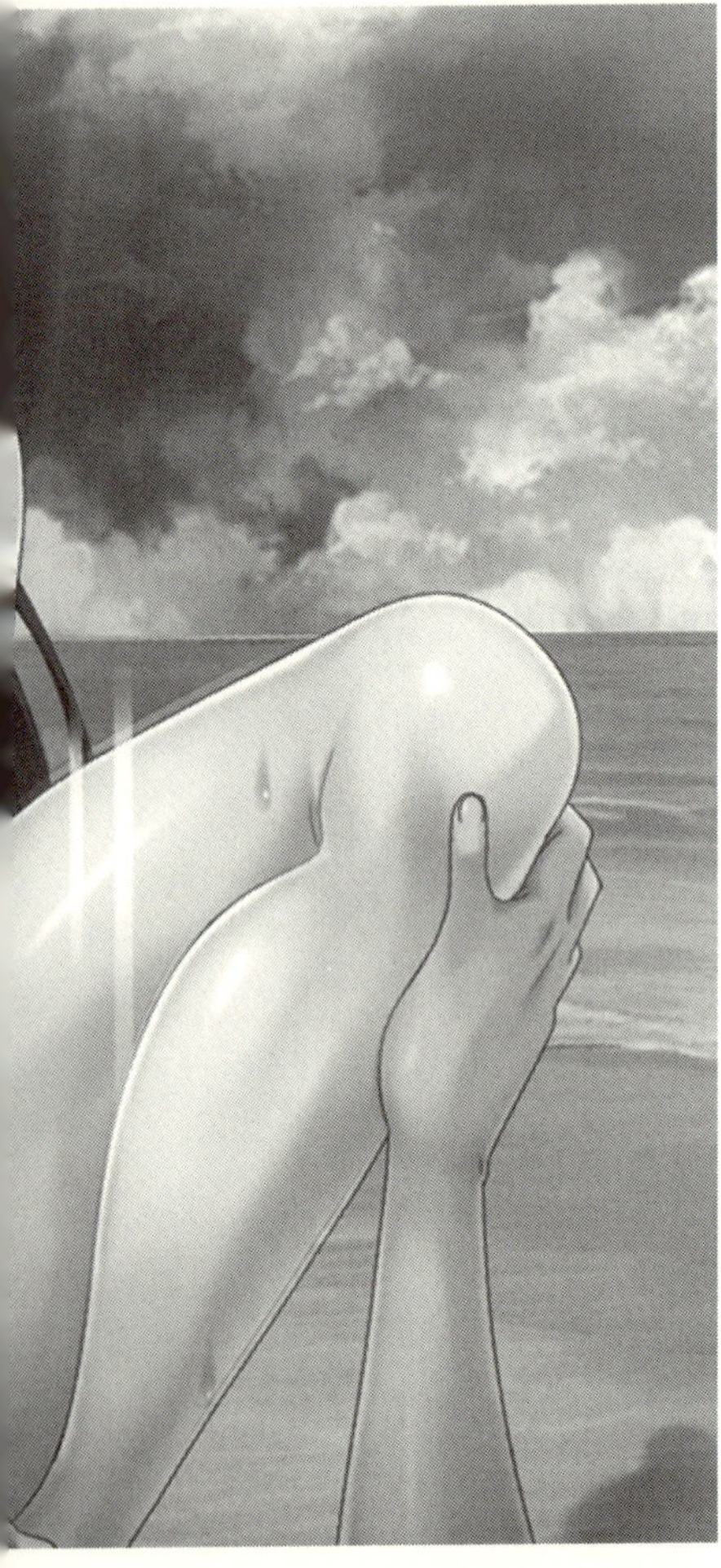

ゆっくりと上下に揺れる巨乳をニヤニヤしながら見上げていると、不意に視界の端の人影に気がつく。

「ん？　誰か来たみたいだな」

「ひっ⁉　う、ウソですよね……っ！」

慌てて軽介の視線の先を辿ると、霞にも見えたようだ。キュッと膣肉の締め付けが強くなる。

「若い女の子が三人。女子大生の仲良しグループって感じかな？」

「た、大変ですっ、白昼堂々とこんなことしているのが知られたらっ！」

「いいじゃんべつに。つーか、ビーチで開放的な気分になったカップルなら青姦くらいあたりまえだろ？」

「あたりまえじゃありませんっ、非常識ですっ！　あぁ、やだっ、こっちにきますよ、あの人たちぃっ‼」

軽介のオモチャにされる心の準備はできていても、見せ物にされる心の準備はできていなかった。怯えも露わに腰の動きも止まってしまう。

「奥さんの世間体は、このさい関係ない。一刻も早く終わらせたいなら俺をスッキリさせることった」

「うぅ、そうですよね、意地の悪いあなたが途中で許してくれるはずもないですし……」

どうせ無傷で済まないなら、せめて少しでも恥辱の時間を短くしたい。覚悟を決めたのか、半分やけっぱち気味になって声を大きく張る。

「ち、チンポシコシコっ、あひっ、あぁっ、チンポシコシコぉおぉっ！」

「お、向こうのお姉さんたちが気づいたみたいだぞっ、ギョッとした顔でこっち見てらぁ」

「あぁんっ、恥ずかしすぎて死んでしまいそうですぅっ！」

「他人に見られる羞恥心を味わえるなんて淫乱マゾの奥さんには、こりゃ願ってもないチャンスだろ」

　軽介の煽りに泣きたい気分になる。

「くうぅ、チンポっ、あぁっ、チンポシコシコぉっ、くはっ、チンポっ、チンポぉおぉぉんっ！　ふはっ、や、やっぱりこんなの耐えられませんっ、お願いですっ、早く出してくださいっ!!」

「ふ～ん、そのためにはどうしたらいいと思う？」

　霞の目に、例の女子大生と思われるグループが何事かこちらを指さしている姿が映る。もし通報でもされたらと思うと気が気ではない。必死に、自分を弄ぶ嗜虐者に向かって懇願する。

「そ、それはさっきみたいに、そちらも動いてもらえたら……」

「だったら頼みかたってのがあるだろ。俺好みのヤツがさ。淫乱マゾのおねだりはどうすればいいんだ？」

「うく、そ、そうですよね、分かりました……どうかお聞きくださいぃ」

気が遠くなりそうなほどに恥ずかしい。顔から火が噴きそうだ。それでも霞は無様な自分の姿から目をそらして軽介に媚びてみせる。

「私の発情マンコは生チンポが大好きですっ、生ハメ浮気マンコにはこってりザー汁が欠かせませんっ！　ど、どうか、いっぱい犯してくださいっ、カリ高勃起チンポで牝穴オナホを突きまくってくださいっ！」

「いいぞ、奥さんっ、おかげでチンポがたぎりまくりだぜっ！」

せっかくのギャラリーもできたことだしと、青空の下、人妻の痴態を晒してやるべく鋭く突き上げてやった。効果は絶大で、霞は一瞬で半狂乱の嬌声を上げてしまう。

「あぁんっ、あひっ、あぁっ、チンポっ、くはぁっ、響くぅっ、あんっ、脳まで響きますぅうぅっ！」

「どんなチンポでヨガリ鳴いてるのか、あのお姉さんたちに聞かせてやりなっ！」

「ふはっ、太くて硬い絶倫チンポですぅっ、あひっ、大きいっ、二十センチ以上はあるズル剥けチンポぉっ！　あっ、あっ、それが子宮をぉっ、あんっ、子宮口をゴリゴリ擦ってくるんですぅっ、ふあっ、くひぃっ‼」

圧倒的な快感の痺れが人妻を男の言いなりにさせてしまう。その上、無意識の領域からマゾヒスティックな悦びも働くものだから、はた目からでは霞が自分から辱めを受けたがっているようにしか見えない。

「さっきよりも反応が露骨で段違いだぜ。そんなに見られるのが興奮するのか」

「ふはっ、こ、興奮なんてしていませんっ、恥ずかしすぎて頭がおかしくなってしまいそうなのにぃっ！」

「他人の視線に興奮しすぎて頭がおかしくなりそうの間違いだろうがっ、おらおらっ！」

「くひぃっ、ふあっ、深いぃっ、チンポで串刺しぃっ、あっ、あぁっ、ビリビリくるぅっ、あぁっ！　ひぃっ、あはぁっ、イヤぁっ、見ないで……っ、あぁっ、ダメぇっ、す、凄いのがきそうっ‼」

「お、向こうのお姉さんがスマホを構え出したぜ。こりゃ奥さんの青姦シーンが撮られてネットに出回るのは時間の問題かもよ」

　霞の表情が強ばった。もしそんな事態になってしまったら、なんのため軽介の脅迫に屈して夫を裏切るような命令に従っているのか分からなくなってしまう。

「そ、そんなっ、くうぅ、早くイッてくださいっ、終わらせてくださいっ、あひぃ、お願いですからぁっ！」

「だからそれは奥さんのがんばり次第だってさっきから言ってるだろっ」

「あひっ、ふはぁっ、くうぅ、生ハメマンコに特濃ザー汁いっぱい出してくださいっ、あっ、あぁっ！　人妻マンコに浮気チンポで中出しですっ、淫乱マンコをキンタマスッキリ用オナホにしてくださいっ‼」

「もっと大きな声で牝の本音を叫べっ、チンポ気持ちいいってなっ、お姉さんたちに教えてやるんだっ！」

追い詰められた霞は、とても冷静ではいられない。捨て鉢になって軽介に言われるまま声を張り上げた。

「ひぃっ、あぁぁんっ、チンポっ、チンポ気持ちいいですっ、生ハメ浮気マンコで感じてますぅっ！　くうぅ、人妻マンコがオナホ奉仕しながら、あぁっ、お、夫よりも大きな勃起チンポで感じてますぅっ‼」

軽介を満足させる以外にこの羞恥責めから逃れる術がないと理解しているため、必死に叫んでいた。それが自分からアリ地獄へ身を投じる行為だと認識する余裕すらない。

「よし、次はザー汁乞いももっとしろっ、避妊してない点をしっかり強調してなっ！」

「あっ、あっ、活きのいい子種がたっぷり詰まったザー汁を子宮目がけてたっぷりぶちまけてくださいっ！　んひぃっ、キンタマにパンパンに詰まっている子種でっ、あぁんっ、中出しアクメさせてほしいですっ！　ゴムなし浮気チンポをマンコ扱きしてる人妻には、あひっ、卵子のザー汁漬けがお似合いなんですぅぅっ」

「ははは、今の姿を見たら誰だって奥さんがチンポ狂いの淫乱妻だって思うだろうなっ」

軽介の高笑いが悔しくてたまらない。そして、それ以上に悔しいのはここまで好き勝手に嬲《なぶ》られても腰振りを止めるわけにはいかない、惨めな自分の立場だった。

「あぁん、そんな酷すぎます……っ、あなたのせいで私にはもう、こうするしかない……のにぃっ！」

「おかげで奥さんのマゾの血が騒いで仕方ないだろ。俺には感謝してほしいもんだぜっ」

霞の動きに合わせて、軽介は向こうの観客に見せつけてやるべく、ここぞとばかりラストスパートをかけた。

「ひいいぃっ！　激しいぃっ、あぁっ、チンポっ、ひぃっ、ふあっ、ゴリって子宮突き上げられるぅっ」

「ほら、これから自分がなにをされるのか教えてやれっ！」

「あひっ、くはぁっ、わ、私はぁっ、カリ高勃起チンポに人妻マンコをオナホにされて中出しされますぅっ！　あぁっ、し、子宮が痺れますっ、熱くなるっ、ひいぃっ、またキンタマ直送ザー汁に負けちゃいますぅっ‼」

「おおぉっ、グイグイ吸い付いてくるぜっ、露骨なおねだりに免じて、特濃なのをたっぷり出してやるぞっ！」

今にも暴発しそうな熱い粘塊のせり上がりが、男の尿道に甘い痺れをもたらす。肉棒が派手に暴れ回り、霞の喉から牝の痴態がほとばしった。

「ひぃっ、ふあっ、凄いのチンポっ、くうぅ、んあっ、おかしくなるっ、灼けちゃうっ、あっ、あぁっ！　ダメぇっ、イッちゃうっ、あぁんっ、子宮壊れるっ、チンポ連打激しいですっ、も、もう私ぃいいぃっ‼」

淫蕩な牝の欲望を直撃する、圧倒的な落雷を思わせる絶頂感が霞の全身を駆けめぐる。

「イクイクイクううぅっ！　くあぁっ、ザー汁直撃ですぅっ、熱いっ、どぴゅどぴゅ凄いっ、あぁぁっ！　くあっ、おおうっ、子宮アクメっ、くひぃっ、イキまくりっ、あぁっ、中出しアクメ止まりませぇぇぇんっ‼」

「くうぅっ、イキかたが一段と激しいなっ、やっぱ人目があると変態マゾの人妻は燃えかたが違うぜっ」

軽介の射精も膣内で弾けるような勢いがあった。容姿端麗で優秀な母体への種付け行為は、牡の本能をたまらなく刺激する。

「ひいぃっ、見ないでぇぇっ、イクイクマンコぉぉっ、新鮮子種にイカされまくりぃっ、ふはっ、あぁんっ！　まだドピュドピュってぇ、絶倫チンポ凄すぎますぅっ、蕩けるぅっ、脳みそまでザー汁漬けになりそうっ‼」

「淫乱な身体は、もうすっかり俺の子種に夢中だなっ。ほらこれが好きなんだろっ、しっかり味わえっ！」

「あひぃんっ、ドピュドピュされるたびにイッちゃううぅっ、許してくださいっ、もうイカせないでぇ……っ！」

荒波のように連続で押し寄せる絶頂感にすっかり身も心も翻弄されていた。全身を強ばらせたまま痙攣を繰り返す女体は、一分近く経ってからようやく許されることとなる。

「んはぁっ、はぁ、よ、ようやく止まってくれた……っ、くうぅ、し、死んじゃうかと思いました……っ！」

「めっちゃ派手にイキまくってたもんな。こんだけ派手なアクメ顔なんて人妻ならではだな」

「ふぅ、ふぅ、あぁ、そ、そんなふうに言わないでください……惨めでたまりません……っ」

「でも、これで自分がどうしようもない変態マゾ妻だって分かっただろ。人目を意識してからが感じすぎだぜ」

人妻の身に秘められていた淫蕩な本性を嘲笑う指摘に、霞は弱々しく頭を振ることしかできない。

「はぁ、はぁ、わ、私はそんな変態なんかじゃ……ま、マゾなんてあんまりですっ」

「すっかりアクメ酔いしたアへ顔で言われてもな～。旦那さんとの正常位じゃ味わえなかった快感だったろ？」

「んく、あふぅ、それは……あぁ、イヤぁ……っ、こ、こんなことあり得ないのに……」

口ではマゾ性を否定しつつも、恥辱に震える肢体と膣肉のヒクつきが被虐の悦びを肯定していた。

第四章　木曜日の競泳水着

今日も気分のいい天気だから奥さんと楽しい変態セックスバカンスを満喫しよう。などと軽介はまた自分勝手な理屈で霞を呼びだすことにした。今までとは違った趣向も思いついたことだしと、早くも股間は硬く自己主張をしている。

やがて軽介の前に現れた霞は、競泳水着を身につけていた。ぱっと見ではどこにでもある市販品だが、よくよく注意してみると乳首と股間の一部が不自然に盛り上がっている。

「よう、奥さん。俺の贈り物は気に入ってくれたかな」

「……んく、珍しくまともな水着を寄越したと思ったら、よくこんな陰湿なこと考えつきますよね」

「奥さんならご褒美だろ？」

「どこがですか。乳首用ローターに極太バイブ付きなんて……これじゃジッとしているだけでつらいです」

うっすらと紅潮しているのは、恥ずかしいのはもちろんだが、とろ火のように肉欲を煽られているせいもある。

「低振動モードでもよく注意して耳をこらせば、奥さんの恥ずかしいところから音が漏れ

てるのが聞こえるな。よし、このままその辺グルッと廻ってきて、奥さんがオモチャ遊びしてることに何人気づくか試そうぜ」

「じょ、冗談じゃありません……っ、そんなに私を晒し者にしたいんですかっ！」

「まあまあ、何事も経験だぜ。奥さんの新しい扉が開くかもしれないだろうが」

「ちょ、ちょっと、あぁ、許してくださいっ。こ、これ、普通にバレてしまいますって……」

　嫌がる霞の腕を強引に組んで引っ張って行く。ビーチだけでは人影がまばらなので、わざわざ海の家やホテルのラウンジなどにも足を運ぶ悪辣《あくらつ》ぶりだ。

　海水浴客とは違い店員やスタッフなら確実にいるし、霞にしても長めの滞在のおかげでそろそろ顔見知りにもなっている。

　そんなこんなであちこち三十分ほど連れ

回してビーチに戻ってきたころには、霞の息がだいぶ荒くなっていた。もちろん疲労によるものだけではない。

「ふぅ、ふぅ、うぅ、す、すみません、お願いです、少し休ませてください」

「どうした。へっぴり腰になって、足下がおぼつかなくなってるぞ」

「それはだって、こんな焦らし続けるような刺激をずっと味わっていたら……」

「はは、硬くてビンビンに反り返った絶倫チンポがほしくてたまらなくなったってわけか」

「な、なにもそこまでは……っ」

もごもごと口ごもってしまう。しかし認めたくはないが、確かに油断すると、つい軽介の股間に視線が向いてしまいそうになる。

「ちゃんとご馳走してやるから安心しな。けど、今日はまず口で相手してもらおうか」

「え、く、口でって……」

「時間はあるんだし、ゆっくり楽しもうぜ」

あいかわらず軽介は屋外だろうがお構いなしだ。勃起した肉棒を取り出すと、霞の眼前に突きつけた。

「ほら、しっかり頼むぜ」

「ひっ、まってください……っ、こ、こんな汚いモノを口にしろと？」

思わず顔をしかめてしまう。ムッとするようなすえた臭いがする。しかもカリ首周りには白い恥垢がネットリと付着していた。

「汚いはないだろ。奥さんのために、わざわざチンポだけ洗わずにとっといてやったってのによ。どうだ、カリ首にチンカスがたっぷりこびりついてるだろ。全部きれいに舐めしゃぶってもらうぜ」

「で、でも本当になにをどうしたらいいのか分からないいんです！　夫にだって、こんなことは……」

すっかり動揺してしまっている。不潔なままで平然としている軽介が理解できない。ましてそれを相手に口で清めさせようなんて、狂人の発想だ。

「ん〜、ならしゃーないな。俺が正しい口マンコの作法ってもんを教えてやるぜ。まずは奥さんに気持ちいい思いをさせてくれるチンポへの感謝と敬愛を込めて、誓いのキスをするんだ」

「こんなものに感謝も敬愛なんて抱けるわけが……っ、それに誓いのキスってなんですか」

「誓いのキスは誓いのキスにきまってるだろ。ザー汁処理用絶対服従肉便器になりますってな」

軽介はあくまで横柄だった。自分が支配者で霞は隷属するもの。活きのいい剛直に屈して牝の本性を露わにしてしまった人妻の末路として当然の結果だと、その目が語っている。

「に、肉便器なんてふざけないでください、いくら私を好き勝手に犯せるからって、あんまり調子に……」

「そりゃ調子に乗るだろ。こんなチンポ大好き淫乱マゾの絶品マンコ妻なんて見たことないんだしよ。だから、ほらほら、チューしろよ、熱烈に強烈なヤツをチンポによっ、チューっ、チューっ」

ニヤニヤしながら、霞の目の前で肉棒をメトロノームのように振って見せた。

「な、なんてウザイ男でしょう、そんな私をからかって面白いんですかっ」

「ああ、面白いね。最後はどうやっても俺に服従するしかないのに、無駄な抵抗するところが最高だぜ」

「くぅ、で、でもそうですね……。確かに、あなたに撮られた写真をネットにバラまかれたら……」

「それもな〜、奥さんみたいなドマゾは逆に自分からネットにバラまいてくださいって言い出しそうな気が」

「ありえませんっ、もう結構ですっ。わ、分かりました、やればいいんでしょう……っ！」

これ以上、軽介の戯れ言を耳にしていたら頭がどうにかなりそうだった。恥部を刺激する意地の悪い振動にも、子宮が熱く疼くような不安な昂ぶりを覚える。

とても冷静ではいられない。頭の片隅ではこのままではいけないと、警鐘が鳴り響いている。しかし、今さらもうすべてが手遅れだ。

弱みを握られどうすることもできないとあっては、自暴自棄にもなろうというものだ。

「き、キスぐらい……べつにこんなの……」

「あ、なんかまどろっこしくなってきたから、もうチンポ清掃な。猫の毛繕いみたいにべロベロ嘗め回せ」

「うぐ、は、はい、分かりました」

見るからに本当に嫌そうに舌を伸ばす。

「れろ、れろ……んふぅ、なんて酷い臭い……気持ち悪くてたまりません」

「マン汁とザー汁が混ざりあった粘液を、じっくり汗でムラした特製チンポだぜ。こいつが気に入らないってなら、これからはちゃんと事後のお掃除フェラを欠かさないこった」

軽介の視線に従いでカリ首を舌でなぞると、恥垢が付着してきて吐き気がこみ上げてきた。

「れろろ、れろん、そんなの普通にシャワーでも浴びれば済む話じゃないですか……」

「自分を満足させてくれたチンポへの牝のマナーだぞ。旦那さんにはする必要ねぇけど、俺には必須だろ？」

「れろ、れろ、だからってこんなのを舐めさせるなんて……れろろ、ちゅ、れろん……っ」

しっかりと舐め回しているので肉棒が唾液で濡れ光ってる。強制フェラに霞が屈辱を感じているのは間違いなく、だからこそ軽介は牡の優越感にますます剛直を硬くさせていた。

「ははは、奥さんほどの逸材ならチンカスソムリエにだってなれるぜ」

「ちゅぷ、そんな頭おかしいものになんてなりたくありません、ちゅ、れろん、れろれろれろろ……っ」

「そうか？　今だって熱心に舐め取ってるじゃないか。普通は気持ち悪くなってゲロってるところだぞ」

「ちゅ、れろろ、あなたがやらせてるんじゃないですか、ちゅ、れろん……っ」

「へへ、ま、そういうことにしといてやるぜ。まったく素直じゃねぇな、この変態マゾの奥さんは」

などとからかっているうちに白い恥垢まみれだった男根は、精気がみなぎる艶々の姿を取り戻した。

「はぁ、はぁ、こ、これで満足ですか？」

「お～、スゲェことになってるぞ。奥さんの口がチンカスとチン毛まみれだぜ」

「それだけあなたが不衛生にしていた証拠じゃないですか。もういいでしょう、うがいしてきます……っ」

「おっと、その必要はないぜ。舐め取ったものはちゃんと責任持って全部ごっくんしろ」

「なっ⁉　こ、こんなの汚物ですよ！」

舌で舐め取らされただけでもぞんざいな扱いなのに、嚥下《えんか》まで命じるなんて鬼畜の所業もいいところだ。

もっとも軽介にしてみれば、とっくに霞のことは対等な人間とは思ってない。好き勝手にできる肉便器が運良く手に入ったからには、欲望のままに遊び倒さなければもったいないと素で考えている。

「マゾ牝の奥さんにしてみりゃ、たっぷりのチンカスなんてクリーミーで芳醇な喉越しに決まってるだろ」

「あぁ、本当にこんなものを呑み込めと？　じょ、冗談ですよね……？」

「命令に決まってるだろうが。一度でもチンポに屈服した牝には人権なんてないって現実を受け入れろよ」

「なんて人なんでしょう、酷すぎます……っ。あぁ、で、でも、これも仕方ないこと……ですよね」

　生理的嫌悪感が膨れあがる一方だ。しかし、人非人な扱いだというのに妖しい誘惑も感じてしまう。欲求不満をこじらせた人妻の心の奥底で芽吹いたマゾ性は、着実に根を張っていき倫理観と理性を蝕んでいく。

「んむぐ、ぐく、ごくん……っ、げほっ、ぐむむぅ……っ」

　胃がひっくり返りそうな嘔吐感を精神力で抑え、強引に呑み込むと目尻に涙が浮かぶ。

「ほら、しっかりしろっ、ほんのちょっとでも残すんじゃねぇぞっ」

「は、はい、んむぅ、ごく、ごく、ごくん……っ！」

「よし、口を見せてみろ」

「ふはぁ、ど、どうです、ちゃんと全て呑み込みました」

　歯科医の患者のように口を開いて口内をさらすと、たっぷりとこびりついていた恥垢は消え失せ、健康的な白い歯と桜色の舌が丸見えになる。

「ほら、俺が言ったとおりやればできるじゃん。牝ならチンポから出るものならなんでも受け入れないとな」

「うぅ、胃がムカムカします、病気にでもなったらどうするんですかっ」

「ならない、ならない。むしろ奥さんほどの淫乱ボディなら、催淫剤とか媚薬みたいな効果が出てくるぜ」

軽薄で揶揄するような態度に霞は呆れてしまう。

「そんなバカな話がありますかっ、いったい私の身体をなんだと思っているんです！」

だが、軽介の言葉にはなにもウソがなかったのだと、もうしばらくあとの霞は悔しさとともに思い知ることになる。

「デカパイデカケツの変態マゾの欲求不満妻だろう？　さあ、次はいよいよチンポしゃぶりだ、やれっ」

「えっと、どうすれば……？　口でしたことがないのは本当なんですっ！」

「その辺はまずはパックリ口に含んでからだな。とりあえず、歯を当てないようにだけはしろよ」

「ううぅ、は、はい……こ、こうですかね？」

ここまできて抵抗しても無意味だ。状況に流されるまま、おっかなびっくり口を開いて、口腔を丸見えにしながら肉棒を咥えてみせた。

「あむぅ、んむぐぐ、お、大きすぎてアゴが……」

「へへ、この程度で目を白黒させやがって、マジで躾《しつ》けがいのある人妻だな」

からかうように不意打ちで腰を押しつける。

「おぐぅ、おえっ、げほほっ！　急に無理やり突っ込まないでください、喉に当たって……っ」

「喉でチンポを締め付けられるようになってこそ一人前の口マンコだぞ。むしろ、食道まで使った喉マンコオナホでないと物足りなく感じるようになっても、人妻ならおかしくない」

「またそんなバカバカしいことを……れろ、むぐ、げほっ、それでこれを咥えた後はどうすれば？」

「舌で亀頭や裏筋を舐め回そうか。口唇で竿も扱こうぜ。口の中から空気を抜いて真空ポンプみたいにな！」

　口内のほとんどを肉棒が占めている。指示を出されても、そのままどおりに動くことすら難しい。

「れろろん、ぐむむぅ⁉　じゅるぷ、ごむ

ぅ、げほほ、そんな一気に言われても、れろろ、ごふ……っ」

「だったら難しいこと考えないで、頭空っぽにして牝の本能に従うのもいいぜ。牝の穴という穴はチンポのために存在してるんだし、奥さんほどの淫乱マゾだったら身体が勝手に動くだろ」

「んふぅ、もっとまともなアドバイスをお願いします、れろろ、こ、これで気持ちいいのですか？」

図らずも数々の凌辱で男根の性感帯なら覚えさせられてしまった。亀頭やカリ首を意識して、舌を這わせてみせる。

「よしよし、丹念に裏筋をくすぐってくるのはポイント高いぜ。滲み出てくる我慢汁も美味いだろぉ？」

「ちゅぷ、へ、ヘンな味に決まってるじゃないですか、れろん、おかしなこと言わないでくださいっ」

「ガキには分からない大人の味ってやつだわな。ま、チンポのオードブルだ。すぐに慣れて病み付きになる」

「れろろ、ちゅ、ちゅぷ、しょっぱいヌルヌルが口の中に拡がって、とてもそんな気分には……っ」

恥垢の清掃を強要されたときと同じだ。嫌悪感と嘔吐感で気が滅入りそうで……しかし、なぜかのぼせたように頭がぼうっとしてきて、つい熱心にしゃぶりついてしまいそうになる。

「吐き出さずにちゃんと呑み込めよ。ますます身体が火照《ほて》ってエロイ気分になれるぜ」

「くむぅ、れろろ、ごく、ちゅ、ごくん、んんぅ、喉に変な味が残りそう」

「へへ、とかなんとか言って、バイブをくわえ込まされた牝穴がどんどん火照ってくるんじゃねぇの」

「ふぅ、んく、ちゅぷ、れろろ、そ、そんなこと……れろ、れろん、ちゅ、んく、ごく、れろんっ」

モジモジと内股を擦りあわせてしまう。胎内に孕まされた淫具の存在も強く意識させられて、口内の生の肉棒の感触とダブってきた。

「そんなこと、あるんだろ？　分かるよ。舌とか口の中も火照ってきたしな。チンポが気持ちいいぜ」

「ううぅ、ちゅ、れろ、れろれろ、気持ちいいなら、早く出して済ませてくださいっ、れろ、れろん……っ」

「それなら頭を前後に振って、もっと激しくチンポを扱きな。牝は、口そのものがオナホなんだ」

「んく、ちゅる、じゅぷ、じゅぷ、じゅぷん……っ、こ、こうですね、じゅぷ、じゅっぷ、じゅぷぷっ！」

口唇で幹を締め付ければいいのだと、自然に学び取る。舌で押し上げれば口蓋でも肉棒に摩擦感を与えられるだろう。

「その調子だ。ほかにはチンポへの感謝も忘れるな。ザー汁処理に口マンコを使ってくれてありがとうってな」

「熱くて硬い勃起チンポのザー汁処理に、れろろ、口マンコ使っていただいてありがとうございます……っ」

「その調子だ。ほら、チンカスこってりチンポをおしゃぶり清掃できて、とても幸せで興奮してますって」

「うぅ、ち、チンカスこってりチンポをおしゃぶり清掃できて、れろろ、とても幸せで興奮してます……っ」

心にもない謝辞を口にしなければいけないのは、辛くてたまらないストレスでしかない。モノ扱いされているのが一目瞭然な口唇性奉仕を無理強いされて、惨めになる一方だ。

「いいね、いいねぇ。人妻ならではの、そそる顔つきだ。こりゃあチンポだってハッスルするぜ」

「じゅぷぷ、では私の口で、れろろ、く、口マンコにたっぷりザー汁出してください、じゅるる……。んふぅ、立派な絶倫チンポにご奉仕できる悦びを、じゅぷぷ、どうかお恵みください……」

「どうしてもほしいの？　へへ、日那さんにはしてやったことのない口マンコ奉仕だぞ？」

「くぅ、ほ、ほしいですっ、じゅる、じゅっぷ、私の口マンコは、絶倫チンポ専用なんです……っ！」

今の霞には懸命におもねる他、手立てはない。目の前の男を満足させることだけが、この苦行から解放される唯一の手段だからだ。

「だったらしょうがないな。出してやるから、おねだりしながらラストスパートだっ！」

「は、はいっ、じゅっぷ、じゅぷぷっ、じゅるぷっ、くださいっ、じゅるる、特濃ザー汁ほしいですっ！」

口腔を刺激されて唾液が溢れかえり、卑猥で下品な水音も大きくなる。脳裏で夫に許しを乞いつつも、軽介好みの下卑た牝を演じ続ける。

「れろろん、キンタマにたっぷりたまってる子種を全部、じゅるぷ、口マンコオナホで処理してくださいっ！」

「お、お、きたぞっ、一気にこみ上げてきたっ！」

「じゅるる、チンポ熱いですっ、ヒクヒク悶えてますっ、れろん、じゅっぷ、チンポ暴れてますぅっ！」

途端、獣臭が濃厚な牡の汚液の味が口内で拡がった。たまらず肉棒を咥えたまま、悲鳴を上げてしまう。

「んぐむうぅっ！　んひっ、くむうぅっ！　んっ、んんぅうぅっ‼」

「おおぉっ、めっちゃ気持ちいいぞっ、一滴残らず出してやるから尿道の中に残っているヤツも扱き取れっ」

半分パニックになりつつも、身体は軽介の指示を従順にこなしてしまう。無我夢中でし

やぶりつく。

「ううぅ、じゅっぷ、じゅっぷ、くむぅ、れろろ、じゅるるっ！」

「そうだっ、上手いぞっ、首を振れっ、しっかり吸い尽くすんだっ！」

「くうぅ、じゅぷじゅぷっ、れろん、んぐむぅ、じゅるぷ、じゅるるぅっ！」

次から次へと、口内が汚されていく。反射的に精液を吐き出さないようにするだけで精一杯だ。

ようやく肉棒の脈動が鎮まると、軽介が満足げに息を吐いた。

「ふうぅ、また大量に出たな。キンタマが甘く痺れてるぜ」

「むぐぐ、んむぅ？」

「あん？　どうした、口の中のザー汁をどうすりゃいいのか分からないのか？」

コクコクと頷《うなず》き返す。

「そんなのチンカスと同じだぜ。全部ごっくんに決まってるだろ」

「むぐぅ⁉」

霞の感覚では精液は飲み物ではない。愛する夫ならまだしも、自分を弄ぶクズの肉棒から分泌された体液への拒絶感は強い。

しかし、もう後には引けない。恥垢すら嚥下させられたのだ。軽介が許してくれる可能性は皆無だろう。

「ほら早くしろ。ドロドロの喉越しと、鼻に抜けるザー汁の生々しい香りを楽しむといいぜ」

「くっ、ううぅ……っ」

目をつぶって、なにも考えないようにしながら飲み干していく。

「ごく、ごく、むぐぐ、おえっ、ぐむぅ、ごくん、ごくごくっ」

「もっとちゅーちゅー吸いながらごっくんだ。舌でチンポの先をチロチロなめて綺麗にするのも忘れるな」

「むぐう、れろ、れろろ、じゅるる、ごく、ごく……っ、れろん、ちゅうぅ、じゅる、じゅるるぅ、ごくんっ」

生あたたかくてドロッとした触感が、食道にへばりつくように流れ落ちていく。自分が肉便器をさせられているという悲しい現実を嫌というほど実感した。

「ぷはぁ、はぁ、はぁ、ちゃんと全部、ザー汁ごっくんしました……っ！」

「よ～し、初めての口マンコのわりには上出来だ。ちゃんとザー汁処理に使えたぞ」

「はぁ、はぁ、じゃあコレでご奉仕は終わりですね？」

「そうだな。あとはチンポを口でイカせた感想を聞かせてもらおうか。牝として誇らしいだろ？」

「はぁ、はぁ、そんな誇らしいなんて……うく、口までオナホ扱いするなんてどうかしているとしか……」

思い出すことすら心が拒否しているのか、つい今しがた強制奉仕させられていたというのに、脳が霞がかったように痺れていた。

だが、他者から見た実体はいささか違ったようだ。

「でも、気持ちよかっただろ？　口の中に射精された瞬間、奥さんイッてたじゃないか」

「なっ、い、いえ、そんなことはっ」

とっさに反論しようとしたが、身をよじった拍子に股間のバイブが擦れて、思わず言葉に詰まってしまった。

「俺の目は誤魔化せないぜ。下の牝穴がますますグズグズに火照って、もうたまらないくらいだろうが」

「うぅ、それはその……お願いです、も、もう虐めないでください……」

気づけば、内股までベットリと愛液で濡れている。

「へへ、ホント奥さんときたらマゾの才能があるぜ。どう見てもその顔は、もっと虐めてくださいって言ってら」

ニヤニヤしながら煽ってきても、霞はもはや気まずそうに羞恥に震えるばかりで反論できなかった。

精飲させられた人妻の肉体の変化は劇的だった。巨乳の下の鼓動は高鳴る一方で、子宮に切ない痺れが走っている。

必死に平静を保とうとしても、軽介の目にはバレバレだ。まさに媚薬を盛られたとしか思えないほどに熱い吐息を止められなくなっている。

「ははは、そろそろ俺におねだりしたいことができたんじゃないかな？」

「ふぅ、ふぅ、うく……と、特にありませんっ」

顔が熱い。まっすぐに立とうとしてもフラフラと視線が定まらず、腰砕けになってしまう。

「ホントか～？　無理すんなよ」

切なそうに内股を擦りあわせている霞の大きな臀部に軽介は勢いよく平手を打ち込む。

ピシャッ！

「ひゃんっ、くはっ、んひぃいぃいぃいっ！」

驚いたように瞳孔を狭めて、ガクガクと肢体を痙攣させてしまった。そんな霞の反応を予想していたのか、軽介は下世話な笑みを浮かべる。

「ケツビンタされただけで、あっさりイッちまったな。力が入って思わずバイブを締め付けちゃったんだろ」

「ふはぁ、はぁ、はぁっ、あの、その、敏感になりすぎてこのままじゃ歩くこともできません……っ」

悔しいが軽介の指摘は正しかった。自分でも驚くほどに全身の感度が上がってしまっている。

「せ、せめてバイブだけでも抜いてください……っ、おねがいですからっ」

「いいじゃねぇの、好きなだけイキまくれば。公衆の面前で蕩け顔さらしながら歩き回るのもオツなもんだぜ」

「で、ですから、本当にもう歩く余裕すらないんです……っ！」

「だったら牝犬みたいに四つ足で散歩させてやってもいいんだけどなっ」

また小気味よく、尻たぶを叩いてやる。

パシィン！

「あぁぁんっ、くひぃぃっ！」

ついに霞は、絶頂感に耐えきれなくなったのかガックリと崩れ落ちて、両手と膝を突いてしまう。

「ふはっ、はぁ、はぁ、ひ、酷いです、また無理やりイカせるなんて……っ」

「なんだ、自分から四つん這いになるなんて、実はペットの散歩は望むところってことなんだな」

「はぁ、はぁ、違います、ほ、本当にもう足に力が入らなくて……っ」

「へへ、どうしてもバイブを抜いてほしいなら、心を込めて中出しハメ乞いするんだな」

やはり今日もこの場で犯されてしまうのだろう。屋外で、いつ誰の目に止まるとも知れないのに。

「ううぅ、自分からだなんてそんな……望んでもいないことを口にするなんてっ」

「いやいや、チンポが欲しくて堪らないってのが奥さんの本音だろうが」

「や、やめてください！　身体だけ無理やり発情させられてしまいましたけど、私はそんな女じゃ……」

「いくら貞淑な妻のふりをしても、肝心の身体がこれじゃ説得力ねぇっての」

軽介は強引に水着に穴を開けて、熟れきった股間を白日の下にさらしてやる。

恥じらうようにキュッと窄まった菊座と、膣穴に深々と突き刺さったままのベットリと愛液まみれになったバイブが姿を現す。

「あぁん、い、イヤぁっ、見ないでぇ、見ないでくださいっ！」

「お漏らしでもしたのかってくらいの濡れ具合だぞ。イヤらしい牝の匂いも、プンプン漂ってるしな」

「ううぅ、これだってあなたのせいじゃないですか……っ」

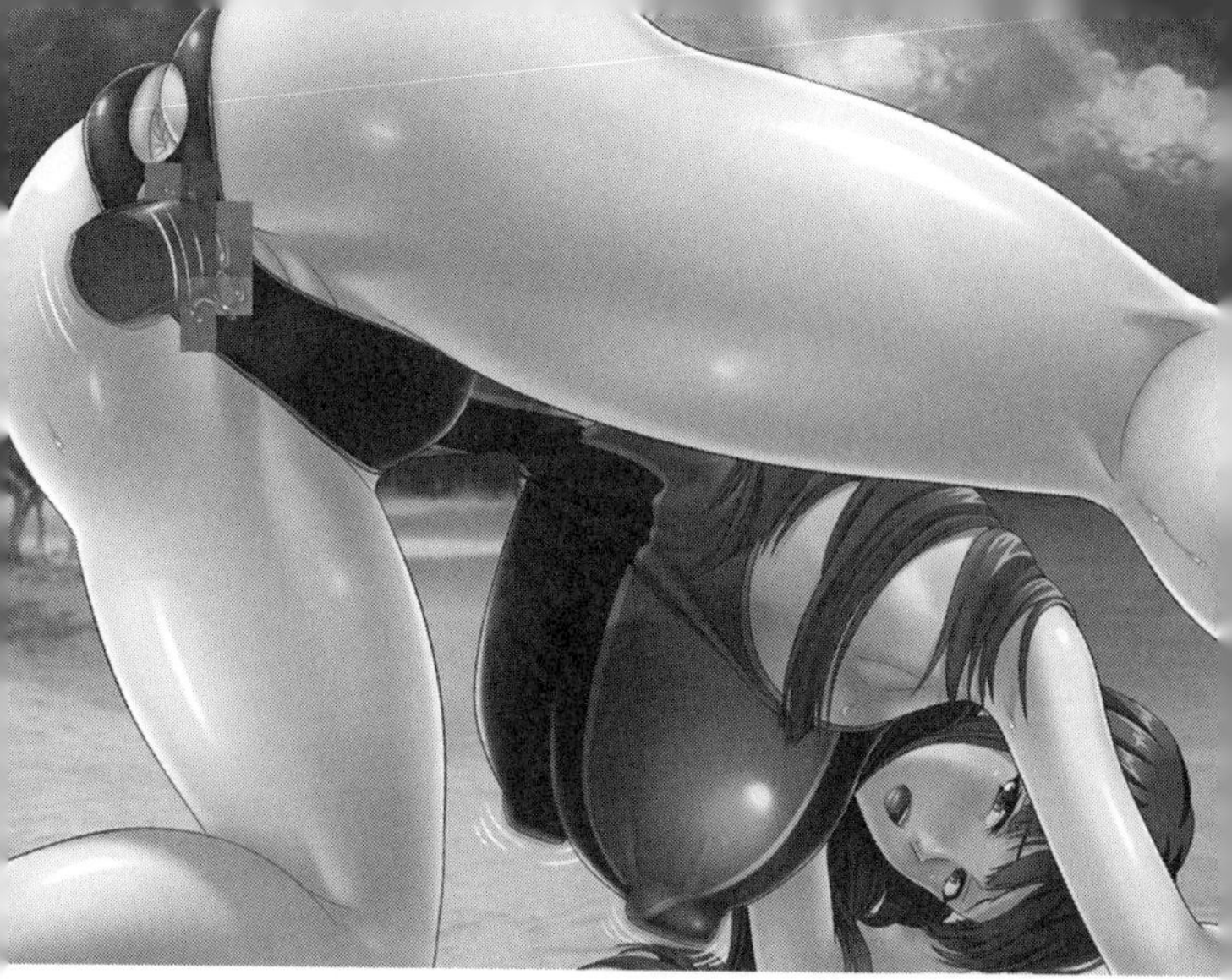

軽介の突き刺さるような視線を股間に感じて、羞恥に身震いした。

「へへ、バイブをくわえ込んだまま、充血しきった牝穴が物欲しげにヒクヒクしてるぞ。卑しいったらねぇな。粗チンとは次元の違うガチの絶倫チンポの味を知った人妻が、オモチャなんかじゃもう満足できねぇだろ」

「だ、だからなんだというんです。おねだりなんてしませんよ。そっちこそ、単に私を犯したいだけでしょう」

「ああ、もちろんだ。すっかり気に入ったよ。なんせ奥さんほどの淫乱マゾの巨乳美人なんて見たことないし。だから、奥さんさえその気なら、俺専属の永久肉便器にしてやってもいいんだぜ?」

まるで悪びれない物言いに、霞は絶望を深める。相手は自分が嫌がれば嫌がるほど興奮するような変態だ。抵抗するだけ無駄に辱められ、辛い思いをするだけだろう。

「またそんな、人を物扱いするような……分かりました、どうせなにを言っても無駄なんですよね……。私の身体を好きにして構いませんから、どうかバイブだけは取ってください」

「へへ、どうあってもおねだりだけは口にしないってか。見栄っ張りで強情な奥さんだぜ」

彼女が人妻としてのプライドを捨てきれないのは想定の範囲内だ。すでに熟れた女体が淫らな反応をしてしまっているというのにお笑いぐさだが、無垢な被害者のふりをするというなら付き合ってやるのも面白い。

「言わぬなら言わせてみせようオナホ妻ってな」

バイブに責められてない無防備な肛門が、我慢汁をしたたらせた肉棒の標的になる。愛撫もなしに付け根までねじ込んでやった。

「んひぃっ⁉　あぁんっ、そ、そっちは違ぁっ、あっ、あぁぁっ！」

「また挿れただけでイキやがったな、この変態牝豚めっ、ケツ穴のオナホ化も完全に定着してるじゃないか」

「不意打ちは卑怯ですっ、あぁんっ、ダメぇ、か、かき回さないでっ、ひぃっ、くひぃ……っ！」

「そうは言ってもケツ穴のほうは、ちゃんとチンポを大歓迎してくれてるぞ。ほら結腸も美味そうにしてるし」

霞の悲鳴に苦痛の色はない。手つかずの処女地だった肛門は驚くほどの短時間ですっかり開発され尽くして、牝穴に勝るとも劣らない敏感な性感帯と化していた。

「あぁあっ、奥はもっとダメぇっ、ふあっ、ケツマンコこじ開けるの許してくださいぃ！」

「強情な奥さんでもこっちは苦手か？　感じまくりの変態アナルでどこまで耐えられるか見ものだぜ」

「あひっ、くうぅ、そんなカリ高チンポで勢いよくズボズボされたらケツ穴裏返っちゃいますぅ……っ！　ひぃっ、ふはっ、直腸ごと引きずり出されそうっ、あぁっ、おかしくなるぅ、イカせちゃイヤですぅっ!!」

膣腔がバイブによって埋め尽くされているおかげで、それでなくてもスペースに余裕がない肛腔がさらに手狭になっている。極太の肉棒に犯されてしまっては、苦しさもひとしおだろう。

「せっかくケツ穴でも愉しめる身体になれたんだから、遠慮してたら損だぜ」

「あぁんっ、ケツマンコアクメはとっても惨めな気分になるから……っ、ふあっ、あぁん、許してぇっ！　あっ、あぁんっ、ま、またイクぅうぅ……っ、んはっ、お願いですっ、ケツ穴オナホにしないでくださいぃぃ!!」

「これだけチンポがビンビンなんだぞ。だったら俺はどこでザー汁処理すればいいってんだ？」

勢いよく腰を打ち付ける。それこそスパンキングをしているような、肉と肉がぶつかり合う鋭い音が響いていた。

「そ、それは、あひぃっ、ダメぇっ、分かりましたぁっ、降参ですっ、チンポには逆らいませんからどうか！」

「降参ならどうだってんだっ、言葉を濁すなっ、ハッキリ自分からおねだりをしろっ」

「あっ、あっ、ど、どうか発情マンコを塞いでいる極太バイブを抜いてくださいぃっ！　あぁんっ、そ、そして私の牝穴をオナホにして、絶倫チンポのザー汁処理にお使いくださいぃっ!!」

圧倒的な肛悦の前で、人妻の自尊心なんてものは一瞬で消し飛んでしまった。絶頂を味わえば味わうほど抜け出すことができない、底なし沼に捕らわれていくようなおぞましさを覚える。

同じ抗えない快感なら、ストレートな牝の悦びに支配されてしまう子宮アクメのほうがまだマシと思えた。

「もっと直球でチンポをねだれっ、やり方が分からないとは言わせねぇぞっ」

「くうぅ、夫のチンポでは満足できない淫乱妻に、あ、あなたの素敵なカリ高チンポを挿れてくださいっ！　ふぅ、くはぁっ、ケツ穴オナホよりもぉ、種付け遊びもできる牝穴オナホがおすすめなんですぅっ!!」

「ははは、おすすめならしょうがねぇな。今の言葉もスマホで録音させてもらったぞっ」

「ひぃっ、そんな……っ、あぁん、い、いつのまにっ、それでまた私を脅すつもりなんですね……っ！」

「これも奥さんのためってな。自称貞淑な人妻に大義名分を与えてやったんだから、感謝してほしいもんだぜ」

振動したままのバイブを引き抜くと、膣穴との間に本気汁の白い糸が伝った。バイブそのものも、ネットリと白いミルクのような汚れでベトベトになっている。ポッカリと開きっぱなしになっている膣口は新しい刺激をねだるように、丸見えの膣壁ごと淫靡にヒクついている。

軽介は、勢いを付けて肉棒をねじ込んでやった。

「ああぁんっ、大きいぃぃ……っ、凄いのぉ……っ、くうぅ、ぁ、相変わらず乱暴ですね……っ！」

「それで、乱暴されてるはずなのに潮吹いて悦んでる奥さんはとんでもないマゾ妻確定、で異論はないな？」

「はぁ、あふぅ、い、イキたくてイッてるわけじゃありませんっ、生理的な反応みたいなもので……」

「むしろそっちのほうがよっぽど終わってるじゃねぇか。理性じゃ抑えられない天然淫乱ボディってことだぜ」

軽く腰を揺すってフィット感を確かめると、まるで最初から軽介の肉棒に合わせてあつらえたかのようにすきまなく密着して絡みついてくる。

「あぁん、そこまでは酷くないはずです……っ、はぁ、くうぅ、バイブのせいで敏感にな

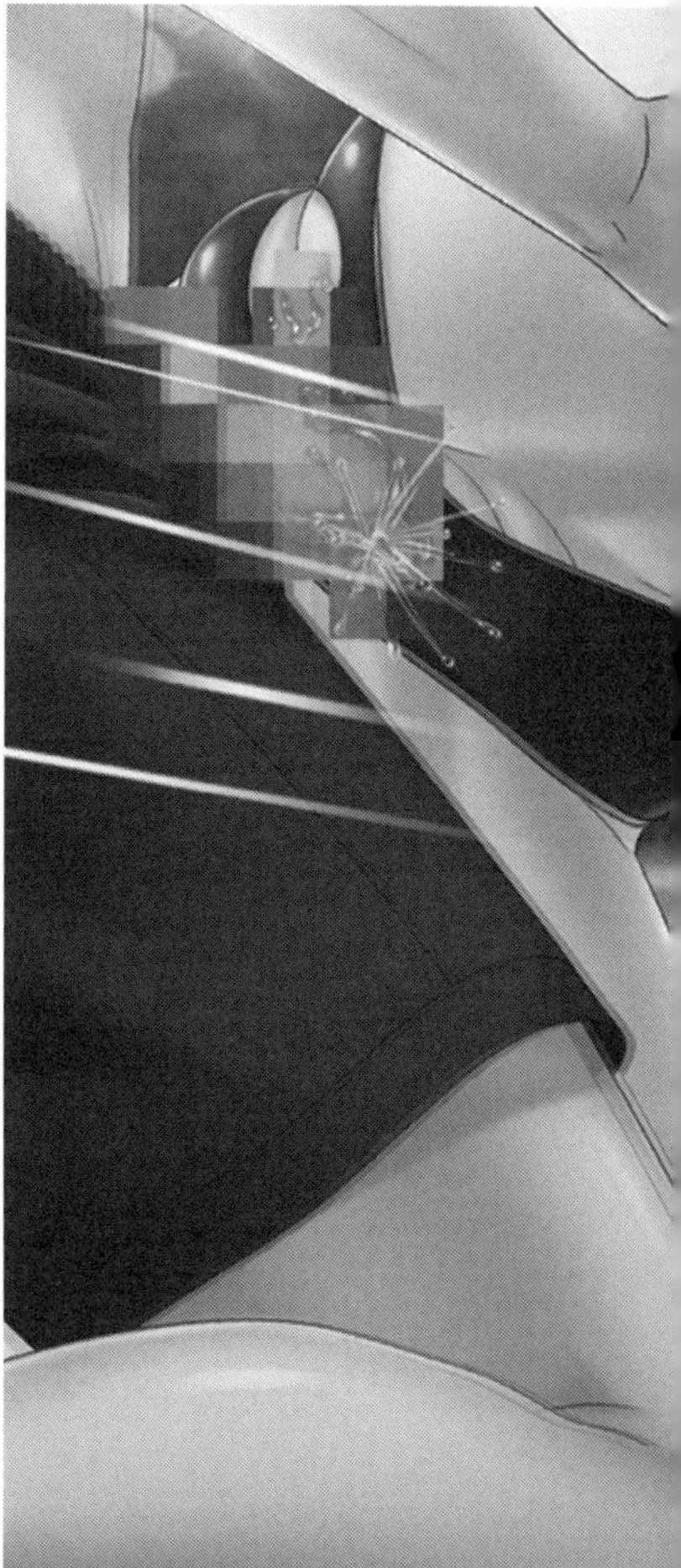

ってるだけで……っ」

「だったらぐうの音も出ないほど、奥さんがド変態マゾだってことを教えてやるぜっ」

激しい抽送と同時に、ムッチリした巨尻へのスパンキングも行って霞を責め立てる。

「あぁぁっ、ぐひぃっ、あぁんっ、チンポぉぉっ！　あひっ、ダメっ、おかしくなっちゃいますぅぅっ!!」

「ははははっ、見栄を張ったり世間体を気にしたりする余裕が一瞬で消し飛んだだろっ、ほらもっと鳴けっ！」

「あひんっ、叩いちゃイヤぁっ、あっ、あっ、チンポ勝手に締め付けちゃうっ、牝穴言うこと聞かないぃっ！　くはぁっ、ゴリゴリって子宮にぃっ、熱いぃっ、灼けちゃうぅっ、エッチな電気流れるううぅっ!!」

　尻叩きは、精神的な屈辱と肉体的な痛みとの両面から妖しいマゾの快楽を引き起こしてしまう。子宮責めの身も蓋もないストレートな快感と組み合わせれば、その効果は加算どころか乗算にすらなりえた。

「いいねぇ、グイグイ吸い付いてきてフィット感が最高だぜっ、やっぱ生オナホはこうでなきゃっ」

「あぁっ、あぁんっ、激しすぎますぅっ、チンポで突かれるたびに頭の中でフラッシュが……んはぁっ、意識もとびとびになってって、あはぁ、チンポ凄いですっ、わけが分からなくなっちゃいますっ！」

「へへ、ときどき本音が漏れてるぞ。やっぱ肉便器に理性なんていらないな。牝は素直なのが一番だぜっ」

　実際、強烈な快感に耐えかねて、霞の意識は混濁しかかっていた。普段は理性で心の奥底に抑えつけている淫蕩な本性が表層に浮かんでくるのは時間の問題だろう。

「あぁっ、ふはっ、太くて硬くて熱いのぉっ、あぁんっ、バイブとは全然違いすぎますぅぅ……っ！　くはぁっ、こんなのでズボズボされまくったら、ヘンになっちゃうっ、私が私じゃなくなっちゃううぅっ!!」

「それこそ本当の自分ってヤツだろうが。俺は最初から知ってたけどな、チンポ大好き淫乱マゾ牝だってよ」

「あひっ、くうぅ、マゾ牝なんて……っ、あんっ、くはぁっ、ゾクゾクくるぅ、あぁん、ダメなのにぃっ！」

「貞淑な人妻が旦那を裏切って悦んでたら問題だろうけど、チンポに屈服して服従するのは牝の本能だろ？」

　ひたすら剛直で膣穴を派手にかき回していく。細かいヒダが密集している膣壁が派手に蠢《うごめ》くさまは男根との相性バツグンだ。希少なミミズ千匹の名器で好き勝手できるともなれば、軽介のテンションはうなぎ登りだった。

「あはぁっ、んひぃっ、許してぇっ、虐めちゃイヤですぅっ、あぁんっ、チンポぉんっ、くはぁっ！　蕩けちゃうぅっ、あぁん、あなたごめんなさいっ、身体が勝手にチンポ受け入れちゃうのぉぉおっ‼」

「なにが勝手にだっ、尻ビンタを嫌がるどころかおねだりするようにケツを振りやがってっ」

「あひっ、違うのっ、違うんですぅっ、あぁんっ、気持ちいいけど違うのぉっ、チンポが悪いのぉっ！　あはぁっ、凄いぃっ、子宮下がっちゃうぅっ、これもこってり特濃ザー汁のせいですぅっ‼」

「おっと、そりゃ確かに俺のせいだな。チンポに飢えた淫乱妻には、ホント俺のチンポは毒だもんな」

学生時代から女を喰いまくってきた経験から、牝堕としには絶大な自信があった。悶々と性欲を持てあましている人妻にとって、自分のペニスがどれほどの価値があるのかも把握している。

「ひぃ、んはぁっ、あなたがあんなモノの味を無理やり私の子宮に教えたりするからっ！　お、夫の薄くて少ないザー汁しか知らなかった私の身体をおかしくしたのは、あなたなんですよ……っ!!」

「俺のチンポに順応できたのは、淫乱で淫蕩な奥さんの才能だろうがっ、むしろ感謝してほしいねっ」

「あぁんっ、んおぉおぉおっ、凄いぃっ、ゴリゴリくるぅっ、ガンガン響くんですぅ……っ！　子宮が熱すぎて脳みそまで痺れちゃうぅっ、これダメぇっ、ホントにわけ分からなくなるぅうっ!!」

「遠慮するなっ、牝の本能を剥き出しにした一匹のマゾ牝になっちまえよっ、それこそ奥さんの正体だろっ」

どれだけ派手なピストンを繰り返しても、しっかりはまり込んでいるので肉棒は抜け落ちない。膣腔自体も吸い付いて離そうとしないのでなおさらだ。

「あっ、くはっ、違いますっ、私はマゾ牝なんかじゃ……っ、あぁん、でもチンポがっ、チンポがぁあぁっ！」

「ああ、分かってるぜっ、ほら叫んでみろっ、チンポ気持ちいい、旦那さんのよりも大好きなチンポってなっ」

「おふぅ、あぁっ、き、気持ちいいですっ、チンポいいっ、夫のチンポよりも大好きな勃起チンポぉおっ！　凄いのぉっ、あはぁっ、ずっぽり埋め尽くされて牝穴感じまくりですぅっ、あひっ、あぁぁんっ‼」

「よしよし、調子がでてきたなっ、余計なこと考えないほうが淫乱な奥さんは幸せになれるんだぜっ」

　左右の尻たぶにモミジのような手形がいくつも重なって、発情した猿のようなありさまになっていた。女性らしい皮下脂肪の厚みが艶めかしいクッションになるので叩き心地も最高だ。

「あぁっ、あんっ、お尻も熱いですっ、自分のお尻じゃないみたいっ、あぁんっ、ビンタなのに凄いですっ！　たまりませんっ、もうなにがなんだか……っ、あひぃっ、チンポでいっぱいっ、私はチンポ、チンポなのぉおっ‼」

「こりゃもう完全に馴染みきったぞっ、牝穴が俺のチンポの形に拡張しきってジャストフィットだぜっ！　つまり奥さんはもう旦那のチンポじゃ満足できない身体に成りはてたってことだっ‼」

「くはぁっ、オナホマンコ熱いっ、脳みそ熱いっ、身体中が灼けちゃうっ、あぁん、飛んじゃいそうですっ！」

「いいよ、俺もとどめを刺してやるぜっ、イヤらしい子宮が待ち望んでる子種をプレゼントだぁっ！」

霞が牝として軍門に下ったのを確信した軽介は、いっきにとどめを刺しにかかる。抽送の回転をあげてラストスパートをかけた。

「あぁっ、くるっ、凄いチンポでっ、あひっ、中出しチンポっ、あぁっ、も、もう限界ですっ！　イッちゃうっ、止まらないっ、チンポ中でビクビクってっ、牝穴締まっちゃうっ、イクっ、イキますぅっ!!」

肉棒が一瞬膨張したかと思うと、先端から勢いよく白濁液がほとばしった。

「あぁあぁっ、ザー汁どぴゅどぴゅ奥で弾けてるううっ、イクイクマンコぉおっ、おほぉおぉっ！　ひぃっ、ひぃっ、ダメぇっ、イキまくりいぃっ、おおおっ、脳みそ真っ白フラッシュ凄いのぉおぉぉっ!!」

「ははは、子宮口ぶっかけアクメがすっかりクセになっちゃったなっ、ほらもっと出してやるっ！」

「あふぅっ、んはぁっ、熱いのいっぱいぃっ、ふはっ、チンポいいぃっ、あぁんっ、イキまくりいぃっ！」

「そんないいのかっ、うれションするくらいにっ。だったら叫べっ、ほら奥さんはこいつが大好物なんだろっ」

もはや霞の脳裏には、ここが砂浜のビーチだという認識はない。膣内射精の快感が、真っ白な光の世界を霞の眼前に顕現させていた。

「あぁっ、チンポぉっ、チンポ好きぃっ、あぁん、ザー汁アクメまたぁっ、きひぃっ、チンポ好き好きぃっ！」

おもわずビーチの隅々まで届きそうな嬌声を上げてしまうが、絶頂の波が引いてから我に返っても後の祭りだった。

「ふっく、んはぁ、はぁ、あぁぁ……ひ、卑怯です、なんてこと言わせるんですか……っ！」

「なにが卑怯だって？　ああ、イッてる最中で判断力が麻痺してる最中の質問じゃ本音が隠せねぇもんな」

「はぁ、はぁ、本音なんて、そんな……うくぅ、い、勢いに流されてしまっただけで、べつに……」

「へぇ？　うれションアクメさらすようなド変態マゾだって誤魔化しようのない現実はどう説明するのさ」

「そ、そんなの……それは……くぅぅ、し、知りません……っ」

ニヤついた質問に言い返すこともできず、恥辱に震えつつも膣腔は甘えるようにうねり続けていた。

第五章　金曜日のスク水&マイクロビキニ

「さって、今日はどんな水着を着せて遊ぼうか」

どれだけ趣味に走った格好でも霞は受け入れるしかない。まさにやりたい放題だ。外国産のポルノ女優にだって見劣りしないメリハリの利いたボディラインをしているため、どんなデザインでも似合ってしまう。

……いや、待てよ、と軽介はアゴを摘む。世の中にはフラットな体付きを前提にしている水着がある。というか発展途上な年ごろの子供たちが体育のプール実習で着用するのだから、ＴＰＯ的に成人女性が身につける機会がほぼない。

「てなわけで〜、どう？　懐かしかったりする？」

軽介のバカな思いつきのせいで、霞はスク水姿で砂浜に立たされていた。

「くぅ……っ、あの、これはさすがになんか違いませんか？」

「なにが違うってんだ？」

「それは……学生だって今どきこんなのダサイって着たがらないのに、これじゃイヤらしくもなんとも……」

これまで散々味わわされてきた羞恥責めだが、恥ずかしさのベクトルが完全に違っている。今のこの姿を同性に見られたらどう思われるだろうか。

まず間違いなく、あり得ない、歳を考えろ、無理すんな、まともな水着を買うお金すらないのか、などなど成人女性落第の烙印を押されるに違いない。

「まあな。正直、俺もいい歳しといてかなりキッツイと思うわ。グラマラスエロボディだから余計にな」

「で、でしたら、せめてもう少しマシな……っ」

「だがソレがいい」

「変態っ、あなたはホントに頭のおかしい変態です！」

「へへ、せいぜいピーピーわめいてろ」

軽介は最初から性欲全開だ。問答無用で霞をその場で押し倒した。

「あぅ、こんどはなにをするつもりですか……またこんな、いつ誰に見られるかも知れない場所で」

「そりゃ奥さん、自分でも分かってるんだろ。ほら、言ってみな」

「それはまあ、ち、チンポのザー汁処理に使われるのは分かりますけど……あなたの場合、いつも私の想像もつかないおかしなことをしてきますから不安で不安で」

現に今もスク水なんてものを着せられている。もはやただ犯されるだけならまだマシで、取り返しのつかない事態に陥るような辱めに対する危惧はけっして杞憂ではない。

「予想も付かないから、期待感でドキドキするんだろ」

「き、期待なんて……私はそんな女じゃ……」

「そんなって、どんなだよ。奥さんの正体がチンポ大好きド変態淫乱妻なのはもうバレてんだぜ」

天を突くほどに反り返った肉棒を取り出すと、これでもかと直球で誇示してみせる。

「あんっ、あぁ、こんなものを顔に擦りつけるなんて、ううぅ、やだ、もうこんなに熱くて硬い……」

「やっぱ美人ってのはいいよな。顔ひとつにしても、チンポずりにはもってこいだぜ」

「それであなたの下劣な征服欲を満たせるからですか？」

「おう、そのとおりだ。なんなら奥さんから、うれしそうに頬ずりしてくれてもいいんだけどな」

軽介はどこまでも尊大な自信に溢れていた。

剛直も熱く脈打っており、霞は今まで清廉潔白に生きてきた己の人生を根こそぎ否定されてしまった原因であるその凶器に、おもわず魅入られそうになっている自分に気がつき、慌てて目を背ける。

「だ、誰がそんなことまでっ」

「中出しアクメしなきゃ、まだ淫乱スイッチは入らないか。素直になれないのも、ま、可愛いけどな」

「そ、そんなに私を辱めたいなら、さっさと犯したらどうです。どうせイヤだと言っても挿れるんでしょう？」

「そう焦るなよ。じっくり可愛がってやろうってんだからさ。奥さんも楽しみだろ？」

軽介の目には、プライドの高い人妻が強がっているようにしか映らない。自慢の逸物《イチモツ》で牝の嬌声を響かせ肉欲に溺れてしまう姿を、暴き立ててきた実績があるからだ。

「ううぅ、こんな状況で私が首を縦に振ると思いますか？　またいつもみたいに脅されたならともかく」

「そのほうが奥さんには言い訳になるんだろうけどな。でも、どうしようっかな～」

「くぅ、今回はずいぶんと嬲《なぶ》りにかかりますね」

相手は倫理観の欠片もない、狂人の強姦魔だ。ネチネチと遠回りに煽ってくるからには、きっとろくでもないことを考えている。押しつけられている男性器が獣性の熱を帯びていき、それを証明していた。

「奥さんも内心じゃこんどはどんなふうにマゾの悦びを教えてくれるのか期待してるのは分かってる。旦那さんのチンポじゃ知ることもなかった天国を、何度も味わわせてやったのは俺だしな」

「だ、だから、焦らすようにネチネチと意地の悪いことをしてるんですか。う、うぬぼれすぎじゃない？」

「初めのころはあった俺のチンポへの嫌悪感なんて、もう残ってねぇだろ。そんな目をしてるぜ」

ドキッと豊満な胸でも隠せない鼓動が大きくなる。認めたくない、しかし認めざるをえない自分の変化だった。

「それはだって……これだけ何度も数え切れないくらい犯されたら、い、イヤでも慣れるというか……」

「だったら初心者卒業ってことで、晒し者レベルを一段階あげてやろうじゃねぇの！」

不意打ちで霞の顔面目がけてトリガーを引いてやった。

鈴口からは大量の精液が勢いよく噴出する。

「あぁんっ、な、なにを……あぅっ、や、やめてください……っ！」

「ほらほら遠慮するなっ、ザー汁パックは奥さんのお肌を艶々に潤わせるんだぜっ」

「くうぅ、だ、だからって、うあっ、あなたのは匂いも強くて、糸を引くくらい粘度も酷いのにっ！」

「それがいいんだろうがっ、どうせ旦那さんのザー汁じゃさらさらの水みたいで量も少ないんだろ？」

熱い粘液が顔の半分以上を汚していく。軽介が射精する側から、わざわざ肉棒を使って塗り拡げていた。

「いいも悪いも、あんっ、これは化粧品でもなんでもないんですよっ」

「そりゃ普通の人間の話だろ。マゾの淫乱牝妻にならこってり特濃ザー汁は美肌効果があるんだぜ」

追加の精液が、少しも勢いを衰えさせることなく霞目がけてぶちまけられる。

「んんぅ、ま、まだ続けるんですか？」

「もっとぶっかけて、ザー汁の効能を奥さんの身体で実証してやろうってんだ」

「ば、バカなことはやめてくださいっ、まだそんなことを言ってるんですか」

濃厚な牡の性臭を吸い込んでしまい、頭がクラクラする。ほんの数日前なら生理的な拒否感を覚えていたはずの生臭さだ。

「いやほら、そもそも中出しされたザー汁の感触でイッちゃう身体って時点で普通じゃねぇだろうが」

「んぁ、あぁぁ、それはそうですけど……だからってこんなのは……っ」

「自分がザー汁まみれになった姿を想像してみろよ。たまらなく興奮するだろ」

「興奮なんて……そんな汚らしい格好にさ

れてもっ」

「ははは、イヤそうな顔をするってことは、やっぱマゾにはご褒美ってことだな。ほらもう一発イクぜっ！」

切っ先の狙いが南下していく。胸から腰、股間へとまるで絨毯爆撃だ。

「あぁんっ、あぁ、す、凄い勢い……っ、量も濃さも全然衰えない」

「顔だけじゃ物足りねぇだろうから、身体のほうもしっかり汚してやる……っ！」

「あひっ、くうぅ、やぁん、熱いっ、ドロドロになっちゃいますぅ！」

粘塊が肌に付着する刺激は、もはや愛撫に等しかった。人妻の吐息も自然に高揚していく。

「あぁぁ、こ、こんなに出すなんてっ、これじゃ、誰がみても精液だって分かっちゃいます……っ！」

「とても手で隠しきれる範囲じゃねぇもんな。匂いだけでも酷いありさまだぜ」

「うぅ、女を汚してニヤニヤするなんて、ホントいい性格していますね……」

「いい女ってのは男にとってトロフィーみたいなもんだしな。やっぱ見せびらかしたくなるのが人情だろ」

軽介は霞の腕をとって、強引に立たせた。てっきり慰み者にされる流れだと思いこんでいた霞は、嫌な予感を覚えて狼狽える。

「ちょ、ちょっと、なんのつもりですかっ、このまま私を犯すんじゃないんですか？」

「ザー汁まみれになった姿をみんなに見てもらおうぜ〜」

「あぁ、そんな……っ、い、イヤですっ、離してくださいっ、あぁん、ダメぇっ！」

もちろん彼女の懇願は華麗にスルーされた。

見る人が見れば、白い粘液が精液だというのはモロバレだ。その眼差しは嫌悪感を隠そうともしない。おかげで霞の恥ずかしがりようは今まで以上だった。ちらほらと人目に触れるたびに、紅潮して泣きそうになっている。

ゆっくりぐるっと辺り一帯を三十分ほどかけて歩き回ってきた。

「あぁぁ……み、見られてしまいました……っ、何人にも見ず知らずの他人にっ！」

「顔見知りじゃないなら大した問題じゃねぇだろ。旅の恥はかき捨てってな。それよりもな……っ！」

また砂浜に押し倒されてしまう。

「きゃっ」

「十分に牝穴も火照《ほて》りきっただろ。あれだけ晒し者にされたら、淫乱マゾにはたまらねぇもんな」

軽介の指摘に霞はなにも言い返せない。切なく疼くような痺れに苛《さいな》まれているのは、まぎれもなく事実だったからだ。

「ううぅ、これはっ、あぁ、私の身体はどうしてこんな……」

「くやしいか？　でもしょうがないよな。持って生まれた牝の本性は変えようがないしさ」

「だからって、あ、あなたみたいな男の慰み者にされるっていうのにっ」

「ごちゃごちゃ考えたって時間の無駄なんだよな〜。それより俺とガッツリ愉しもうや」

ありあまる牡の性欲を押しつける肉便器として、人妻の肉付きのいい身体は最高級品だ。軽介も霞を弄ぶことにすっかり夢中になっている。

勃起が治まらない肉棒を、淫蜜で溢れかえっている牝穴に勢いよく突き入れた。

「あぁぁんっ、くぐぅぅ……っ、あ、あぁ、ち、チンポがぁ……っ、ダメぇ、またおかしくなるぅ！」

「思ったとおり、中はすっかり発情済みだな。やっぱ蔑みの目で見られるのは最高だろ」

付け根までねじ込んだ状態で、膣壁の蠢《うごめ》く感触をじっくり味わっている。表面上は抵抗する素振りは見せても、女体はすっかりデレているのが感じられ、人妻を屈服させた達成感でついニヤニヤしてしまう。

「やめてぇ、言わないでくださいっ、くぅ、お、奥まで埋め尽くされて、あふぅ、凄いのぉ……っ！」

「俺も奥さんに悦んでもらえてうれしいぜ。チンポも種付けに張りきるってもんだぜ」

肉体を堕としたからには骨の髄まで自分のものにしてやりたい。夫のある身だからこそ、一段と寝取りに興奮が味わえるというものだ。

「はぁ、あぁ、た、種付けなんて……うぅ、そんなの許されないことなのにぃっ」

「力強い牡の子種で孕みたがるのだって牝の本能だろ。つまり、奥さんは俺に孕まされてうれしい。ＯＫ？」

「あぁん、そんなことはありません、いくら身体が屈服したからといって心までは……っ」

「だったら心もチンポで躾《しつ》けてやるぜ。抵抗できるならしてみろってんだ」

軽介には自信があった。自分と霞はバッグンに身体の相性がいい。それこそナンパの常套句ではないが、運命を感じずにはいられないほどだ。

男根ひとつで女のすべてを奪い取る。霞は体のいい獲物だ。絶対の服従と敬愛を肉棒で教育してやるために、派手に腰を振りだす。

「くひぃっ、ふはっ、あっ、あぁんっ、い、いきなりそんなに激しくっ、あひっ、奥に響いちゃうぅっ！」

「このザマじゃ即ハメ即イキするくらいザーメンパックのお披露目散歩が良かったたって証明されちゃったな」

「あぁっ、あぁんっ、ひぃいぃっ、凄いですっ、また分からなくなっちゃうっ、あぁっ、チンポぉおぉっ！」

霞の乱れかたは激しかった。一瞬で牝の快楽にのめり込んでいる。

「へへ、熱いんだろ、粘膜が敏感になってひと突きごとに雷が落ちたみたいな快感に貫かれる気分はどうだっ」

「あひぃっ、最高ですぅっ、だ、ダメなのにいいですっ、気持ちいいっ、あなた許してっ、でもいいのっ！」

「うんうん、こうなると建前なんて口にする余裕は一発で吹き飛ぶもんな。このド変態の淫乱妻がっ」

「くはぁっ、許してぇっ、あぁっ、あぁんっ、子宮責め感じるぅっ、チンポいいっ、チンポ好き好きぃっ！」

霞の脳裏には夫の影がちらつき、とても後ろめたい気持ちでいっぱいだ。それでも、圧倒的な快感の前では心のタガが外れてしまう。自分がひとりの節度ある人妻である前に、一匹のセックスに飢えた牝でしかないと思い知らされてしまう。

「もっと具体的にどんなチンポがいいのか叫んでみなっ」

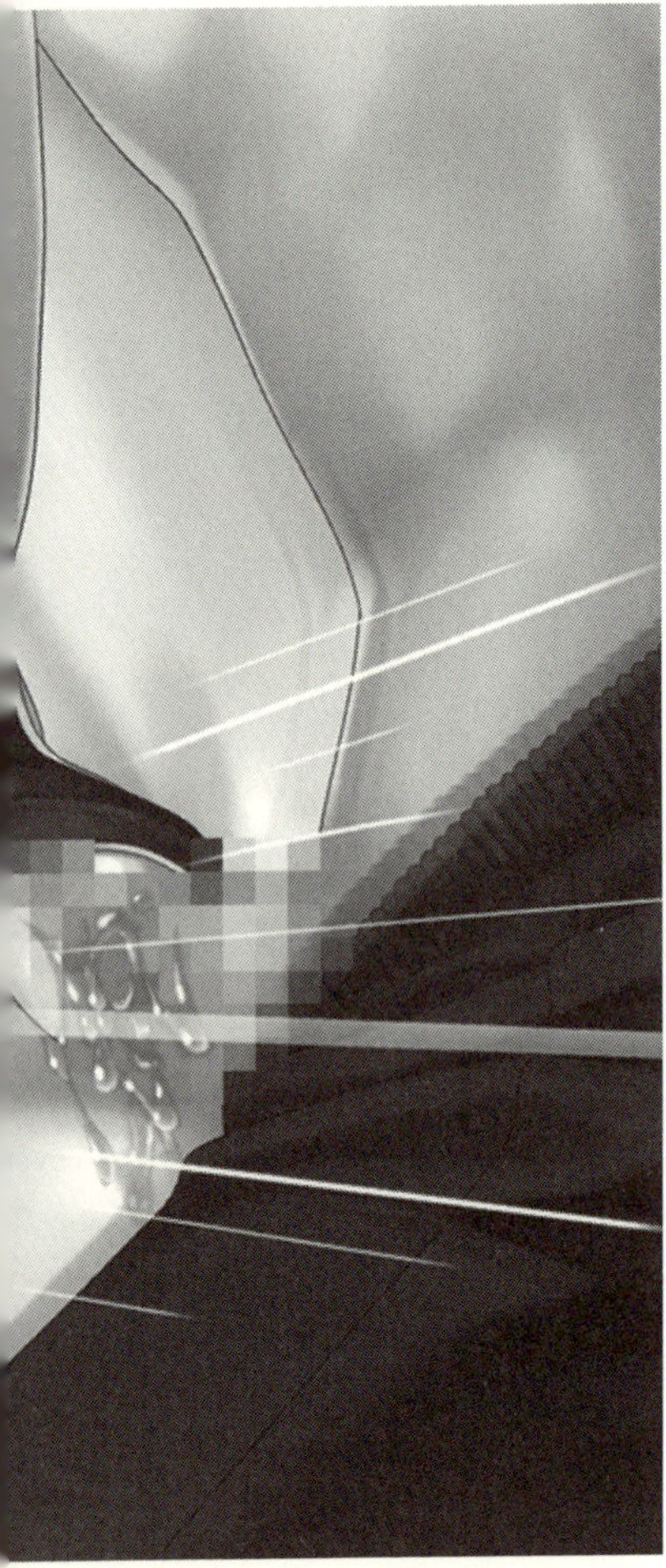

「あっ、あっ、夫とは比べものにならないくらい太くて硬くて大きいカリ高勃起チンポですぅっ！　ふはぁっ、ダメぇ、お願いですっ、ヘンなこと言わせないでぇっ、夫に申し訳なさすぎて……っ‼」

「べつに奥さんは悪くねぇだろ。牝なら誰だって、気持ちいいチンポのほうがいいに決まってるぜ」

「あんっ、でもだって……っ、くうぅ、あぁっ、ま、また脳みそ痺れてくるぅ、真っ白になっちゃうぅっ！　んっく、発情マンコがチンポに逆らえませぇんっ、チンポいいっ、いけない私になっちゃうぅっ‼」

肉棒の責め方には優しさも思いやりもない。ひたすら欲望のままに、牝を喰らい尽くそうとする獣性を剥き出しにしていた。

「いけなくはねぇって。理性で抑えつけて見ないふりしてた、本当の奥さんが表面に現れたってだけだぜ」

「あひっ、あぁんっ、ゴリってくるたびに子宮が蕩けそうでぇすっ、気持ちいいっ、あぁあっ！　ザー汁パックされたお肌も火照ってきますぅ、あぁっ、あんっ、身体中がおかしくなりそうっ‼」

他人の目に晒されたせいか、背徳的な多幸感で脳みそが蕩けそうだった。見られることへの羞恥心と被虐感で、自分が興奮している事実にはもう目を背けることができなくなっている。

「他人の視線でも感じるマゾボディだけあって、普通の人間じゃあり得ない快感を味わえてお得だな」

「くはぁっ、なにあれ汚いとか、頭おかしいとかヒソヒソ言われていたのを思い出したら……っ！　あぁん、牝穴とってもはしたないことになってますっ、あっ、あっ、勝手にチンポ締め付けちゃうぅっ‼」

「興奮するだろ、気持ちいいだろ、奥さんはそういう肉便器に向いた牝なんだよ」

軽介もまた全身が燃えるように昂ぶっていた。舌舐めずりをするケモノのように、霞の身体を嬲る喜悦を味わっていた。

「ふあっ、このまま中出しされて孕まされちゃうかもって分かっているのに感じちゃってますぅっ！　あひっ、こんなの良妻失格ですぅっ、チンポに見境がない牝穴でごめんなさいっ、あぁぁっ‼」

「へへ、悪いのは旦那さんだろ。やっぱ自分の牝ならちゃんと心の底から満足させてやらねぇとな」

それはある意味、偽りのない本音だった。これだけの上玉を手に入れておきながら、マゴトのような慈《いつく》しみかたしかしていなかったことに憤りさえ覚える。

「あぁっ、んはっ、太くて硬いのでかき回されちゃうぅっ、マン汁溢れて垂れ流しになっちゃうぅっ！　あぁん、感じすぎてもう限界ですっ、頭痺れてまわりませんっ、チンポのことで頭がいっぱいにぃっ‼」

「チンポのことしか考えられなくなったんならちょうどいいや。スカッとイケるように牝穴接待頼むぜ」

「ひぃ、んひぃっ、シコシコチンポっ、シコシコチンポっ、あっ、あっ、ザー汁吸引マンコですぅっ！」

非道なレイプによって施された暴虐な躾はしっかり人妻の身に根付き、男に媚びるための奉仕テクとして結実していた。

膣穴の淫蕩なうねりは、まさに採精機能に特化した天然オナホだ。

「いいぜ、その調子だっ、このまま子宮が溢れるくらいに中出ししてやるぜっ！」

「あぁん、子宮が下がってザー汁おねだりしちゃってますぅっ、とっても恥ずかしい淫乱マンコですぅっ！　あぁっ、ふはっ、子種ほしくて熱くなってますっ、灼きつきそうっ、あぁんっ、シコシコチンポぉおぉっ‼」

「くうぅっ、この吸い付き加減が最高だぜっ、このまま孕ませる勢いで中出ししてやるぞっ！」

射精のタイミングを自由に操れる軽介にしても、おもわず暴発してしまいそうなほどの昂ぶりを覚えた。

「あぁっ、激しいぃっ、ズボズボくるぅっ、ガンガン響きますっ、あひっ、中出しカウントダウンですっ！　あぁっ、クルぅっ、キンタマ直送の元気な子種がもうすぐっ、あぁっ、凄いっ、淫乱おねだりマンコがっ‼」

軽介が雄々しい咆吼をあげながら、これでもかと膣奥で射精したとたん、霞の悲鳴のようなアクメ声が響き渡る。

「イクイクイクうぅっ、ふはっ、んほぉぉおぉっ、ザー汁直射で中出しアクメぇぇぇっ！　ひぃっ、んはぁっ、子宮でイッてますぅっ、こってりザー汁どぴゅどぴゅどぴゅどぴゅ気持ちいいぃいいぃっ‼」

「くうぅっ、この生オナホは使えば使うほど具合がよくなってくんのが最高だっ、ほらまだまだ出るぜっ！」

牡の本能として、目の前の牝を孕ませてやりたい。遺伝子レベルの欲望に同調した肉棒が何度も脈動し、たまらない開放感とともに子種を次々と放っていく。

「あぁっ、イッてますぅっ、でもまたイクうぅっ、あひぃっ、イキまくりいぃっ、チンポ大好きぃいぃっ！　あぁっ、あっく、んはぁっ、気持ちいいぃっ、全身マンコになっちゃってますぅっ、あぁぁっ‼」

「しかも見られたり叩かれたりしても感じるド変態淫乱マゾマンコだってんだから、やっぱ肉便器が正解だな！」

「おふぅっ、くはぁっ、ドロドロザー汁が染み渡りますぅっ、ザー汁漬けでマゾ子宮が蕩けまくりぃいぃっ！」

霞は心の底から歓喜の声を上げていた。子宮に満ちていく熱い充足感は、受胎機能を有する生物としてこの上ない快感と悦びだ。

女に生まれてきた幸運を噛みしめ、意識を埋め尽くす光の海でたゆたうことしばし、絶頂の余韻が薄れていくと引き替えに頭を抱えたくなるような羞恥心がこみ上げてくる。

「あはぁ、はぁ、あぁぁ、また我を忘れて恥ずかしいこと叫びまくっちゃうなんて、私ったら……っ」

「へへ、可愛いもんじゃないの。やっぱ牝は素直なのが一番だぜ」

「ううぅ、あなたに可愛いなんて言われても……うれしくもなんともないですっ」

「んじゃ、旦那さんをチンポが不満だからって平気で裏切る、このド淫乱浮気妻がっ」

「はぁ、はぁ、ううぅ、そ、それは……」

夫を裏切るつもりは微塵もない。それどころか、今もなお心の底から愛していると断言できる。しかし、肉欲に屈して他人の精液に魅了されてしまったのも事実だ。

「なにも言い返せねぇよな。イキかたもどんどん派手になるし、普通ならイカないようなひどいことされてもイクし」

「くううぅ、あ、あなたのチンポのせいで、私ったらすっかり身も心も変えられてしまったんですね……」

悔しそうに呻きつつも、精液が溢れ出している膣穴は淫らにヒクつき続けていた。

その後も軽介は熟れた牝肉を弄び続け、たっぷりと人妻の膣内に子種を放ったが、絶倫を誇る男根はまだまだ遊び足りないと自己主張をしている。

そんなわけで、趣向を変えたシチュを楽しむべく、霞が宿泊しているホテルの部屋にま

で押しかけることにした。

霞にはシャワーを浴びてもらい、また別の水着で豊満な女体をラッピングする。以前も出番があったマイクロビキニだ。

「……ど、どうせこの後もするだけなのに、わざわざ身支度させるなんてホント悪趣味なんだから」

「だって汚れたモノを汚すよりも、綺麗なモノを汚すほうが興奮するんだもん」

「やっぱり悪趣味です。それでなくてもこの水着を着せられるだけで恥ずかしいのに」

「べつに興奮するのは俺だけじゃねぇだろ。奥さんだってドキドキもんだろうが」

舐めるような視線で、水着が食い込んだ女体を視姦している。肉棒に蹂躙《じゅうりん》される快感を知ってから一段と肌の艶が増したように思えた。

「そんなことは……今日だけで何回もお

相手させられて、ヘトヘトなのに……」

「これだけ性欲が強そうな身体しといて誰が信じるってんだ。本音はまだまだヤリ足りねぇくせによ」

「またそうやってセクハラで女を辱めることばかり言って」

「ごちゃごちゃ言ってもムダだぜ。俺がまたすぐに牝の本性を暴き立ててやる」

羞恥にモジモジと身体をくねらせる霞をベッドに押し倒し、大きく開脚させたまま秘裂が天井と体面するほど大胆に腰を持ち上げる。

霞からでも、自分の濡れそぼった股間の様子が窺えてしまう角度だ。

「んひゃっ、あぁん、ま、またこんな恥ずかしいところが丸見えな格好っ！」

「お〜、割れ目がマン汁でグッショリ濡れたまんまだな。やっぱオナホにされるの期待してんじゃねぇか」

「こ、これは変態的な水着を着せられたせいで、犯されるのを期待しているとまで思われるのは心外ですっ」

身体を折り曲げる窮屈なまんぐり返しのおかげで、巨乳がたわんでひしゃげている。霞にしてみれば、胸骨を圧迫されて息苦しい体勢だろう。

おかげでマゾの性癖を刺激されるせいか、秘部を覆う布地に愛液を吸った恥ずかしいシミがじわじわと拡がっていく一方だ。

「どっちも大差ねぇっての。エロ水着イコール肉便器ってのが条件反射になってるってことだしな」

「違います……っ、ど、どれだけ身体があなたに屈したとしても、イヤでたまらないことに代わりはっ」

「そうやって強がっちゃって可愛いもんだぜ。またチンポでたっぷり弄んでやるからな」

牝を組み伏せるのは牡の特権とばかり、軽介はまた剛直で牝穴をこれでもかと犯し始める。

「あぁんっ、くうぅ、ふ、深いぃ……っ、ふはぁっ、ほ、ホントに乱暴な人なんだからもうっ！」

「ははは、お約束のように挿れただけでイッたな。こんどはどこまで理性がもつかな？」

「あひっ、あぁっ、んむぐぅ、つ、突き上げられるぅ、ふはっ、イヤぁ、こんなのダメぇぇ……っ」

「股ぐらから脳天に響くような圧倒的快感には抵抗するだけムダだって、自分でも分かってるくせによ」

ベッドのスプリングが効くせいか、砂地に比べて抽送に大きな勢いがつく。シーツに拡がる黒髪も、どこかうれしげに波打っているようだ。

「ひぃ、ひぃ、それでも心まで好き勝手できると思われるのは屈辱なんです、私にだってプライドがっ」

「無理すんなよ、素直に牝の鳴き声をあげていいんだぜ？　ほらほら、奥さんが大好きなチンポだぞ～っ」

「くはっ、んんんぅぅ、私にはまだ夫への愛情がありますす、そう簡単に流されるわけには……っ」

「牝穴の吸い付き具合からすると、とっくに俺のチンポにベタ惚れになってるんだけどな」

今日一日だけでも数え切れない絶頂を味わわされたせいか、多少なりとも肉棒への抵抗力がついたらしい。気丈に強がりを口にする余裕くらいはあった。

「んっ、んっく、そんな快感は所詮、一時的なものですっ、ふはっ、だ、誰があなたなんかに……」

「へへ、んじゃそろそろ、その貞淑な人妻のプライドとやらも蹂躙させてもらうぜっ」

たっぷりと愛液をまぶしてドロドロになった肉棒を、素早く肛穴に捻り込む。

「んはぁあぁっ！　おおうっ、結腸こじ開けられちゃうぅっ、あぁぁんっ、ケツマンコアクメ見ないでぇっ!!」

「奥さんのケツ穴は完全にオナホ化してるからなっ、高級なシリコン並の感触でチンポに絡みついてくるぜっ」

肛穴は霞の致命的な弱点となっていた。清廉な人生を歩んできた反動で、穢れた妖しい快楽への耐性が驚くほどない。類《たぐ》い稀《まれ》なマゾヒスティック感性もその一環だろう。

「ひぃ、くぐぅっ、チンポ太くて硬いのぉっ、あぁっ、ぐひっ、許してくださいっ、ケツ穴はダメなのぉっ！」

「へへ、奥さんのケツ穴ときたら見栄を張る余裕すら一瞬で消し飛ぶくらいに敏感な淫乱っぷりだもんな」

「あぁっ、くはっ、はち切れそうっ、もっと優しくぅっ、ケツ穴裂けちゃいますぅっ、あぐっ、んほぉっ！」

「大丈夫、しっかりチンポに馴染んでるさ。ほらほら苦痛のスパイスが効いててマゾ牝にはたまらねぇだろっ」

かさの張ったカリ首が生み出す摩擦は、大きな抽送で責められる側にしてみれば、腸を引きずり出されてしまいそうなほどの衝撃を覚える。

「ふはっ、あっく、あぁんっ、だ、ダメぇっ、ダメなのにぃ……っ、ケツ穴アクメ止まりませぇんっ！」

「イクたびにグイグイ締まってヒクヒク痙攣しまくるのが、もうザー汁処理穴に成りはてた証明だよなっ」

「あひっ、あっ、あぁんっ、イッたまま落ちてこないぃっ、おかしくなるぅっ、チンポ許してくださいぃっ！」

「そりゃおかしいな。奥さんの本音は、もっと激しくケツ穴をかき回して、もっとイキまくりたいだろ？」

霞のA感覚を目覚めさせたのが軽介なら、淫靡な肛悦の虜になるまで仕込んだのも軽介だ。アナルセックス特有の妖しい快感で、人妻をヨガリ鳴きさせるなんていうのはたやすいことだった。

「あぁぁっ、カリ首が擦れますぅっ、結腸虐めないでくださいぃっ、ゾクゾクしてヘンになっちゃうぅっ！　ふあっ、どんどんケツ穴がオナホになっちゃうぅっ、チンポ扱き用のザー汁吐き出しマンコになるぅっ！」

「牝穴なみにケツ穴でもチンポが愉しめる身体だもんな。これ奥さん絶対に勝ち組だぜ」

「あぁんっ、もうダメぇっ、いいのっ、気持ちいいですっ、ホントはダメなのに勃起チンポ馴染むのぉっ！」

「よしよし、だいぶ素直になってきたな。ケツ穴の効果覿面《てきめん》だぜ。じゃ次は前でも素直になってもらおうか」

　肛腔を刺激する側から、すぐその前で膣口が物欲しげにヒクついてばかりいた。しっかり焦れきった瞬間を見抜いて谷渡りで子宮をじかに刺激しにかかる。

「あぁんっ、あひっ、ズボズボチンポぉっ、あっ、あぁっ、牝穴っ、あんっ、牝穴チンポ大歓迎ですっ！」

「ははは、建前はどうした奥さん。今のセリフを旦那さんにも聞かせてやれるのか？」

　小馬鹿にした声に反応して一瞬だけ理性の光が瞳に宿る。だがそれも、圧倒的な悦楽によってすぐさまかき消されてしまう。

「あっ、あっ、お、夫は……っ、あぁん、分かりませんっ、チンポ凄すぎて考える余裕がないのぉっ！」

「考えられねぇなら仕方ないな。思ったまま、感じたまま、牝の本能に従うだけだぜっ」

「おふぅっ、チンポ熱いですっ、子宮灼けちゃいますぅっ、あぁんっ、突き上げ激しいのおっ！　あひっ、くうぅ、もうこれ牝穴チンポの形になっちゃってますぅっ、ジャストフィットオナホですぅっ‼」

「ああ、そりゃ俺も分かるわ。なんせ膣壁の細かいヒダヒダの密着具合ったらねぇしな」

霞を堕としたと確信できる理由のひとつだった。ある程度の柔軟性がある膣腔だけに個体差が大きい男性器にも対応できるわけだが、夫のサイズに最適化されていた孕み穴を強引に拡張されたにもかかわらず、そこから元に戻る気配がいっこうになかった。

「ひぃっ、んはぁっ、いいですぅっ、蕩けるぅっ、いっぱい突いてぇっ、深くチンポお願いしますぅっ！」

「どうして深いところまでほしいんだ？　ハッキリ口にしてみようぜ」

「あっ、あぁっ、き、気持ちいいからですっ、ああっ、太くて硬いカリ高勃起チンポがたまらないんですっ！」

人妻としてけっして口にしてはいけない浅ましい懇願すら、今の霞には抵抗感がない。軽介の肉棒に翻弄され、条件反射の域で凌辱されることを欲してしまう。

「だからこの発情マンコは美味そうにチンポに吸い付いてくるんだな？」

「ふあっ、あぁんっ、そのとおりですぅっ、チンポ好きすぎて言うこと聞かないんですっ、あぁんっ！　ダメぇ、流されちゃうぅっ、も、もうチンポの言いなりですっ、チンポのためならなんでもしますぅっ‼」

「へへ、本音を垂れ流すのは気分爽快だろ。普段からそうしてりゃあ、なにも悩みはねぇのにな」

クールな仮面を剥ぎ取り、淫蕩な牝の本性を暴き立てるのはとても楽しい。霞が乱れれば乱れるほど、牡の支配欲がくすぐられるというものだ。

「あっ、あひっ、太くて大きいチンポが勢いよく出入りのが自分でも見えますっ、牝穴大喜びですっ！　あはぁ、私の牝穴とってもイヤらしいですっ、浮気マンコなのに、ふはっ、チンポに夢中になってますっ!!」

「チンポに夢中になるのは後ろもだろ？」

うっとりと子宮責めに酔いしれている霞の不意を突いて、意地の悪い肛腔責めに切り替えてやる。

「おほぉおぉっ、そうですぅっ、あっ、くひぃっ、ケツ穴もチンポに無条件降伏してますっ、あああぁんっ！　処女アナルも今ではすっかりオナホ化してますっ、あはぁっ、ザー汁処理用の淫乱ケツマンコですぅっ!!」

「へへ、とんでもないこと大声で叫びやがって。淫乱マゾが正体なだけあって身も蓋もない卑しさだぜ」

太くて長い肉竿の動きに引きずられて、肛門粘膜が盛り上がったり押し込められたりを繰り返していた。きつく窄まるだけだった括約筋も、オナホ調教の影響でモチのような柔軟性を身につけている。

「はぁ、んひっ、だ、だってケツ穴ズボズボが凄すぎてぇっ、あぁんっ、お行儀よくなんて無理ですっ！　ふはっ、奥までかき回されると勝手にチンポ締め付けてますっ、ケツ穴きゅんきゅんときめいてますぅっ‼」

「風俗嬢顔負けの淫乱テクだぜ。誰に教えられなくても、本能レベルでチンポ扱き反応できるなんてさすがだな」

「あぁっ、ふはっ、立派なカリ首の擦れかたが凄いから、あぁん、反射的に動いちゃうんですぅっ！　あぁんっ、ケツ穴が拡がりきってるのにチンポが栓になって閉じられないからジッとしていられませんっ‼」

「無理やり垂れ流させられてる気分だろ。その落ち着かない背徳感がマゾにはご褒美だってんだから笑えるぜ」

　軽介とベッドの間に挟まれたまま肛穴を乱暴に掘られ続ける人妻は、一見では髪を振り乱して悶え苦しんでいるようにも見える。

　だが夫との性生活では一度も味わったことのない背徳に満ちた快感の虜になって、ケダモノのように喘ぎ悦んでいるにすぎない。

「くぐぅ、奥のケツマンコが熱く蕩けるような快感でぇ、肛門の排泄感と逆流感も一緒に味わえますぅっ！　んあっ、牝穴とは全然違いますぅ、ケツ穴はウンチ穴なのに今はすっかりご奉仕穴で気持ちいいのぉっ‼」

「それもこれも奥さんが生まれついての肉便器だからだぜ。普通の女なら排泄器官で感じたりしないしな」

「あんっ、あはぁっ、初アナルのときは裂けて壊れそうだったのに、すぐに馴染んで自分でもビックリです！　あっ、あひっ、今もはち切れそうな感じはありますけど、あぁん、そのギリギリ感にもゾクゾクします!!」

「なるほどね〜、やっぱなんだかんだで気に入ってたってことじゃねぇか。このマゾ牝がっ」

人妻としての理性がマヒし、これまでの人生で培ってきた倫理観のフィルタリングが利かなくなった状態では、身体で感じたものを感じたままに叫んでしまう。

今の霞はただの淫獣だ。肉棒をエサに飼い慣らされてしまった、肛辱されるのが大好きな生きた肉便器と化している。

「くひぃっ、あぁっ、深いぃっ、どこまでもチンポが入ってきそうな感じも牝穴と違いますぅっ！　し、子宮口をゴリゴリされると頭がおかしくなりそうなくらい気持ちいいけど、結腸責めもいいのぉ!!」

「へへ、結腸のくびれはカリ首と相性がいいからな。俺もそこがケツマンコオナホのだいご味だと思うぜ」

「あふぅ、だから執拗にケツ穴もオナホ扱いするんですね、あぁん、まともな夫とは大違いです……っ！　おかげで私のケツ穴はもう取り返しのつかないことになってますっ、恥ずかしいくらい馴染んでますぅっ!!」

巨尻をクネクネと振って、嗜虐者《しぎゃくしゃ》におもねっていた。この瞬間の快楽のためなら、他のすべてを生け贄にささげることも厭わない。このベッドの上で世間のしがらみから開放された霞は、心おきなく自分の欲望をさらけだすことができる。

「前も後も、ついでに上の口も俺のチンポと相性バツグンだもんな。肉便器化は奥さんの運命だったんだよ」

「あぁっ、くぐぅっ、つらくて悔しいはずなのに、イヤぁ、ケツ穴悦んじゃうぅ、チンポ貪っちゃうぅぅ！　夢を見ているみたいに現実感がありませんっ、あぁっ、凄いぃ、ケツマンコがシコシコチンポぉおぉっ‼」

「興奮しすぎて欲求不満奥さんの理性のタガが外れりゃこんなもんだろ。現実なんてそんなもんだぜ」

「くうぅ、さっきから何度も細かくケツ穴アクメしてるので、そ、そろそろ限界です……っ！　あぁん、お願いですっ、キンタマにたまってる子種をいっぱい出してケツ穴休ませてくださいっ‼」

「へへ、はしたないにもほどがあるぜ。夫のある身でザー汁浣腸をおねだりするってのか？」

軽介が喜々とからかう。だがもはや、肉便器として生まれ変わった霞では夫の存在を持ち出されても心はいっさい揺れることはない。

「あふぅ、だ、だって頭の中でフラッシュが瞬きっぱなしで、脳みそ灼きつきそうなんですぅっ！　あはぁ、おかしくなりそうですぅっ、くはっ、これ以上イカされつづけたら死んじゃいますよぉぉ‼」

「死なれるのは困るな。奥さんには、ずっと優秀な最高級肉便器として役立ってもらうつもりだしな」

「んはっ、これからもケツ穴を好きにして構いませんっ、だから少しでいいので休ませてください……っ！」

実際、体力の限界はとっくに超えていた。普通なら気を失ってもおかしくないところを、連続アクメで強引に覚醒させられている状態だ。

「仮に奥さんの願いを聞いてやるとして、次からはもっとイヤらしくて恥ずかしい命令でも大人しく従うか？」

「わ、分かりましたぁっ、あひっ、ちゃんと従いますっ、どんな恥ずかしい肉便器にされても受け入れます！」

「ははは、言質取ったぜ。ま、今さらもう俺のチンポに逆らえるとは思わねぇけどな」

いっきにラストスパートをかける。たとえこれで霞の肛門が取り返しがつかないほどに破壊されてしまっても、一顧だにしないと宣言しているような勢いだった。

「くはぁっ、あひっ、あぁっ、ケツ穴裏返るぅっ、結腸ごと引きずり出されそうっ、あひっ、あぁんっ！　ふはっ、シコシコチンポっ、ケツ穴オナホでザー汁搾りしますっ、で、ですからどうか出してくださいっ!!」

「おねだりも条件反射になってるな。やっぱ牝への躾はチンポに限るぜっ」

「あぁぁっ、ズボズボするたびにチンポが痙攣してますっ、中出しカウントダウンですっ、あっ、あぁっ！　きますっ、今からケツ穴にザー汁浣腸されちゃいますっ、こってり特濃キンタマ直送子種ですぅっ‼」

霞の身体にも不規則な痙攣が走る。尻たぶも波打つように震え、大きな絶頂へと押し上げられていく。

「あひぃっ、私もイキっぱなしですっ、凄いっ、チンポぉっ、ケツ穴ズボズボっ、チンポいいぃ、も、もう！」

濃密なフェロモンを立ちのぼらせている汗ばんだ女体がガクガクと揺れる。

「イクイクっ、ケツ穴アクメっ、あひぃっ、出してケツ穴にっ、ザー汁どぴゅどぴゅってっ、あっ、あぁっ！」

「と、見せかけてっ！」

ニヤッと嗜虐の愉悦に口角を釣り上げ、不意打ちで膣内射精に切り替えた。

予想していなかった子宮を直撃する子種の強襲は、発狂しそうなほどの絶頂の一撃となる。

「ぐひぃいいぃっ⁉　おほぉおぉっ、イクイク牝穴アクメぇえぇっっ、ザー汁熱いのいっぱいですぅうっ！」

「どうだビックリしただろっ、やっぱ牝には種付けされるのが最高の悦びだもんなっ！」

「あひっ、あっ、あぁっ、子宮直撃っ、凄い勢いのどっぴゅんザー汁ぅっ、あぁんっ、子宮蕩けるぅうっ！　ひぃ、ひぃっ、チンポがっ、あぁんっ、イキまくりぃっ、頭まっしろっ、痺れるっ、ザー汁アクメぇっ！」

霞は、まるでおこりにかかったような見ていて不安を覚える痙攣を繰り返していた。だが、それも軽介にかかれば愉悦の哄笑にしかならない。

「おおっ、こりゃ激しいぜっ、気でも触れたのかってくらいの悦びっぷりだなっ」

「あぁんっ、ふはっ、んおぉおぉおぉおっ、子種が流れ込んでくるぅ、子宮の中でザー汁暴れてますぅっ！」

神経が焼き切れそうな激しい絶頂を味わっていた霞は、ほどなく糸の切れた操り人形のようにクタッと力尽きた。

それでも絶頂の余韻からは逃れられない。脳に致命的なダメージを受けてしまったのか、理性が戻る気配もない。

「ふはっ、あぁん……っ、ま、まだイッてますぅ、イキっぱなしで、なにがなんだか分かりませぇん……っ！」

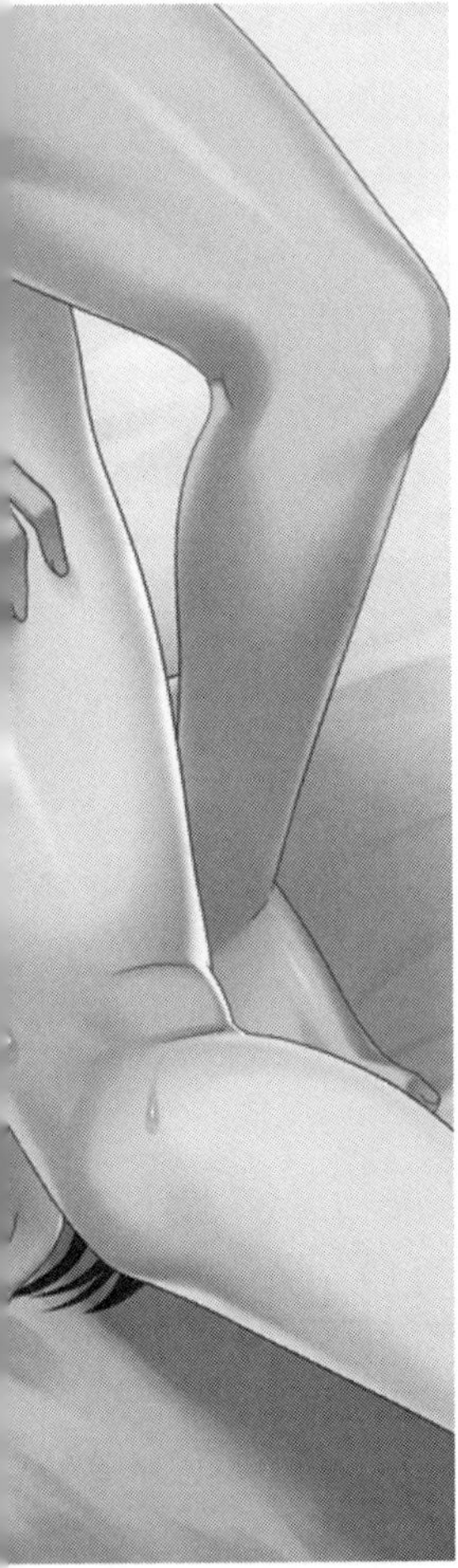

「チンポが食い千切られそうなほどの締め付けだったぜ。よっぽど気持ちよかったんだな」

「あはぁ、ふ、不意打ちだったので子宮が爆発したみたいな快感でしたぁ……っ」

「やっぱ中出しは孕む可能性があってこそだな。奥さんもそう思うだろ」

好色な笑みを浮かべた軽介がお約束のように小馬鹿にするが、霞は蕩けきった笑みのまま、視線も定まらない。

「んっく、ふはぁ、分からないですぅ、い、今も脳みそ痺れっぱなしで……っ」

「こりゃイッた余韻が抜けるまではまともな受け答えは無理か」

それならそれで遊びようはある。

「よし、奥さん。Wピースいってみようか。またスマホで記念動画とってやるからよ」

軽介の誘いに反発することなく素直に従う霞。ニンマリと色欲に濁った瞳を細めた。

「あぁん、こ、こうですかぁ……？」

「へへ、判断力も麻痺してるから完全に言いなりだな。ほら、奥さん、もっとうれしそうに。チンポに感謝だ」

「あふぅ、チンポ、チンポ～、ありがとチンポ～、チンポっぽ～♪」

「はははっ、さすがは奥さんだっ、本能が口にする感謝の言葉が、完全にチンポ狂いの牝だぜっ」

正気に戻ったときに、この無様な映像を本人に見せてやったらと思うと軽介の股間は熱くたぎるばかりだった。

第六章 土曜日のボディペイント

淫乱マゾの血に目覚めて雄々しい剛直の虜と化した霞には、もう人格を踏みにじるような辱めを受けてもご褒美にしかならない。

生真面目で倫理観の強い性格とマゾヒスティックな感性の相乗効果は、麻薬のような多幸感をもたらす。一度その味を知ったが最後、人妻がその悦楽の誘惑から逃れることは不可能だ。

夫のある身で人倫の道を踏み外し、ここまで堕ちたら後はもう自分から進んで被虐を求めるようになるのも時間の問題だろう。

軽介は日光を遮るように手でひさしを作って額に当てると、ビーチを楽しげに見回した。

「ん〜、今日もいい天気だなぁ。しかも海水浴客が珍しくチラホラ目立つくらいはいるぞ」

その背後では、まるで尿意をこらえているかのような落ち着かない素振りで、霞が顔を真っ赤にしている。ぱっと見ではこれまでの下品きわまりない数々の代物に比べたら、まだマシに思えるカットが深いスーパーハイレグ水着だ。

「あ、あなたはやっぱりバカですっ、いくらなんでもコレはないでしょうっ！」

「遠目からなら過激な水着に見えるけど、少し近づけば全裸に絵の具だってのがもろバレせつけてやれよ」

「そんときゃそんときだ。ポリスメンにも奥さんのイヤらしい割れ目をパックリ開いて見

「分かっているならどうして……っ、さすがに通報されてしまうかもしれませんよっ！」

だもんな」

　世間体を気にしない軽介にはどこ吹く風だった。そもそも、片田舎のこの辺りは官憲も大らかというかいい加減だ。交番にしょっ引かれて何時間かのお説教を喰らう程度だろう。

　逆に都会育ちの霞にとって、警察の厄介になるということは社会的に消えない傷がつくということだ。とても大きなプレッシャーになる。

「あぁ、な、なにがあっても許してくれないんですね……」

「初めから分かりきってたことだろうが。ごちゃごちゃゴネてないで、さっさと始めろよ、ほら早くっ！」

「ううぅ、は、はい、分かりました……」

　羞恥に身震いしつつも、軽介の命令に従って屈辱感を刺激する滑稽なポーズをとる。膝を曲げたまま限界近くまで足を開き、両手を頭の後ろで組む。背筋もぴんと伸ばし、周囲からしっかり表情が窺えるように顔を正面に固定した。

　そして性行為を喚起させるリズムで腰を振り出す。

「こ、これでいいですか？　あぁ、やだ、向こうの人がこっちに気づきました、不思議そうにしてますっ」

「もっと腰を前後左右に大きくクネクネしろ。スピードにも緩急を付けてな。牝穴扱きしてるイメージだ」

「は、はい、んく、はぁ、はぁ、リズミ、カルに……っ！」

「かけ声も忘れるなよ。夢中になってオナホ奉仕しているときと同じようにな」

　非道な命令に顔が熱くなる。泣きたくなるほどに恥ずかしい。しかし、一匹の牝と化した今の霞には軽介に逆らうという選択肢はなくなっていた。

「くうぅ、し、シコシコ、チンポ……っ、シコシコ、チンポぉっ」

「声が小せぇぞっ、本気の奥さんはそんなもんじゃねぇだろっ」

「あぁん、シコシコ、ち、チンポぉっ！　あぁ、やだ、他の人たちもギョッとした顔でこっち見ましたっ‼」

週末ともなれば海水浴の客足だって当然のように増える。日常会話程度なら耳に届いてもスルーされるのは珍しくないだろうが、声を張った卑語なら目立って当然だ。

「そりゃ見るだろ。へへ、その調子でビーチの視線を独占しちまえよ」

「うぅ、どうあっても私を晒し者にしたいんですね。恥ずかしすぎて頭がどうにかなってしまいそうっ」

「う～ん、ボディペイントじゃブラの支えがないからオッパイの弾みかたが一段と凶悪だな」

「そんなにジロジロ見られたら、ますます恥ずかしいですぅ、それでなくても他の人たちの視線が……っ」

　セクシーショット満載のグラビア雑誌でも、けっしてお目にかかれないお下劣ガニ股ポーズだ。黒髪グラマラス美人との組み合わせはまさに水と油。違和感の塊だ。だからこそ嘲笑を誘い、嫌悪の視線を集め、じわじわとマゾの人妻の肉体を昂ぶらせていく。

「マゾ牝の奥さんにしてみりゃ、どんどん身体が火照《ほて》ってくるだろうな」

　しかも今は海水浴シーズン真っ盛りの炎天下だ。懸命に腰を振っていれば、すぐに汗ばんでくる。

「きゃ!?　や、やだ、絵の具が！」

「ま、水性ペイントだから、そりゃそうなるわな」

「ま、まさか最初からこうなることを見越して……？」

「さて、どうだろうな。人がいるところで泳がせたら楽しいことになりそうだとは思ってたけどさ」

　同じ露出でも、他人にバレないようにとスリルを楽しむことが目的のものとは根本的に違う。これは堕ちた身の上を思い知らせ、貞節な人妻の心を嬲《なぶ》るための晒しの恥辱刑だ。

「あぁ、やっぱり私を辱めるつもりで、こんなことを……っ」

「へへ、奥さんにしたって満更じゃねぇくせによ。ほら声が止まってるぞ。かけ声はどうしたっ」

「ううぅ、し、シコシコチンポっ、シコシコチンポぉっ！」

　大声を出せば、ますます注目を浴びることになる。さぞや他人の視線は針のように感じることだろう。

　そして案の定、汗によって水溶性の塗料は流れ落ち、ちらほらと本来の地肌が

その存在を現す。

「あぁん、もうこれじゃ恥ずかしい部分が完全に隠し切れていませんっ！」

「いや、もとから丸出しだろうが。プックリした乳首も、割れ目からはみ出ているビラビラもなっ」

「そ、それはそうですが……っ、あぁん、やだぁ、スマホでこっちを撮ってる人までいますっ！」

「ここ数日で頭のおかしい痴女が出没するって噂になってたし、それ目当てで集まってきた連中かもな」

それは、霞にとって聞き捨てならない話だ。心臓を鷲づかみにされたようなショックを受けて動揺する。

「ひっ、そんな噂が⁉　ど、どうするんですか、これ以上は本当に取り返しがつかないことに……っ！」

「どうもこうもねぇよ。あやふやな噂なんかじゃなくてれっきとした事実だって教えてやるだけだろうが」

「そんなぁっ、見ず知らずの人たちからもマゾ牝だなんて思われたら恥ずかしすぎて生きていけません！」

「人間扱いしてもらえないほうがご褒美なのが奥さんだろうが。今だってすっかりヌレヌレだしな」

軽介の舐め回すような視線は霞の頭のてっぺんからつま先まで、どんな些細な変化も見逃さない。特にクールな表情が恥辱に歪みつつも、こらえきれないように悦楽な蕩け顔を浮かべそうになる瞬間がフル勃起ものだった。

「くぅ、私は露出狂なんかじゃ……っ、こんなので感じるはずがありませんっ」

「強がるなよ。ほら向こうにまで響くようにかけ声を繰り返せっ」

「あぁん、シコシコチンポぉっ、シコシコチンポぉおぉおぉっ！　はぁ、あはぁ、もうイヤぁ……っ！」

「へへ、そうやって俺の命令に逆らえないのはどうしてだ？　腰振りダンスも律儀にやめようとしないし」

股間のペイントも色落ちしていく。汗ではなく溢れ出る愛液のせいだ。

「そんなの、わ、私だって分かりませんっ、身体が勝手に動いてしまうだけで……っ！」

「心の奥底で、人間性を踏みにじられるレベルの辱めを望んでいるからに決まってるだろうが」

「はぁ、はぁ、そんなの認めるわけには……っ、考えたくもありません！」

「だったら素直になれるようにしてやる」

せっかくの他人からの視線だ。ここで責めに利用しない手はない。できるだけ多くの人から結合部が見やすいようにと背後から犯しにかかる。太く膨張した肉槍の一撃は、たやすく人妻の本性を暴き立てた。

「あぁあんっ、いきなりぃ……っ！　ふはぁっ、イクイクぅうぅっ‼」

「挿れただけでこうだもんな。潮まで派手に吹きやがって、見せ物にされて興奮していたのがモロバレだぜ」

霞の身体は、本人の意思を無視した躾《しつけ》によってすでに子宮がアクメスイッチに作り替えられている。どれだけ意思の力で抑え込もうとしても抵抗できない、条件反射の域にまで達していた。

「きょ、今日は、ギャラリーがひとりやふたりじゃすまないんですよっ、ホントにセックスするなんて正気ですか！」

「いつでもどこでもザー汁処理に使えるのな生オナホのいいところだろ。他人のことなんてしったことか」

「だ、だからって、あぁん、チンポ熱いぃっ、牝穴蕩けてきちゃうぅ、あぁ、ま、また頭が……っ」

建前すら口にする余裕がなくなっていく。あくまで自分は被害者で、脅されて仕方なく身体を明け渡しているという事実は、もはや事実【だった】と過去形に修正しなければならない。

「チンポのことしか考えられなくなってきて、牝の本性を隠しきれなくなるのが淫乱マゾの奥さんだもんな」

「くうぅ、あぁん、ダメぇ……っ、流されちゃうぅ、こ、こんな変態で惨めな格好させられてるのにぃぃ」

「さあ、奥さんが人間失格の生まれついての肉便器だって、みんなに教えてやろうぜ」

力強いピストンで膣肉を抉っていくと、うれしそうに肉棒を締め付け返してくる。

「おふぅっ、あぁぁっ、凄いのチンポぉっ、突き上げられるぅっ、あひっ、串刺しマンコ気持ちいいですっ！」

「ははは、いいぞっ、理性なんてもんは牝にとって建前でしかねぇってのが奥さん見てるとよくわかるぜっ」

「あぁんっ、チンポ凶悪ですぅっ、ひぃっ、ひぃっ、ま、またなにも考えられなくなっちゃいますぅっ！」

今もなお他人から見られていることは理解している。潔癖な心も羞恥心も健在だ。だからこそ、こみ上げてくる背徳的な喜悦が理性を蝕む毒となって哀れな人妻をただの見境がない色情狂へと変えてしまう。

「締め付け具合と吸い付き加減がザー汁搾りに特化しきった肉オナホ！　それが奥さんの牝穴だもんな」

「そうですぅっ、イヤらしいチンポ扱きのために、あぁんっ、無理やり変えられてしまった牝穴ですっ！」

「どんなふうに変ったのか、大きな声でハッキリと自慢してみなっ」

「あぁんっ、ほんの数日前までは、あひっ、チンポといえば夫しか知らない貞淑な身体でしたぁっ！　中イキも経験したことがありませんっ、あぁんっ、セックスはただの愛情表現で満足だったんですぅっ‼」

軽介の突き上げに反応して、霞も腰を振っていた。そこには初々しさもたどたどしさもない。これが、アドリブとは思えないほど切れのあるペアダンスばりのシンクロをみせていた。

「なにが満足だっ、きっちり欲求不満になってたくせによ。このデカチチデカケツのエロエロボディがっ」

「あぁっ、あんっ、言っちゃイヤですぅっ、あひっ、少なくとも私にはそんな自覚はなかったですし……っ」

「だったらどうしてあっさり俺のチンポで堕ちたんだ？　レイプでイキまくったのはどこのどいつだっ」

「私ですぅっ、無理やり後から動物のように犯されて夫では味わったことがない牝穴アクメしましたぁっ！　イキたくない、感じたくないと必死に思ってたのに、カリ高勃起チンポに完全屈服だったんですっ‼」

霞の声に自虐の色はない。むしろ誇らしげに、ますます声を張ろうとしていた。

「チンポにだらしないのは牝穴だけか？」

「くはぁっ、お願いですぅ、こんなに注目されてしまっているところで、これ以上はっ！」

「ダメだっ、答えろっ」

「あぁっ、子宮にゴリってっ、ゴリってぇ……っ、ひぃっ、ひぃっ、こ、降参ですぅっ！　あっ、あっ、チンポにだらしないのは牝穴だけじゃありませぇんっ、あぁん、ケツ穴もですぅっ‼」

自分を貶める告白に興奮してしまう。周囲の批難的な視線にゾクゾクするような甘い痺れを感じてしまう。霞は本能のおもむくまま、マゾの快感を貪る牝の本性を解放していた。

「だよな～、やっぱ隠し事はよくねぇよ。なんせ奥さんは人権も黙秘権もゼロな肉便器なんだし」

「くぐぅ、んあっ、ピッチリ閉じていた処女アナルもっ、極太チンポで拡張調教されてしまいましたぁっ！　結腸もチンポ扱きに有効活用されるケツ穴オナホですっ、ザー汁処理用ケツマンコが今の私なんですっ‼」

「上の口はどうなんだ？」

「ひぃ、ふはっ、も、もちろん上の口もオナホに使用できますっ、喉マンコの実績がありますぅっ！　あはぁ、毎回お掃除フェラで大活躍ですっ、チンカス掃除も喜んで引き受けますぅっ‼」

もし一般人の女性が、とても人には自慢できない変態的な嗜好を抱えていると世間に知られたら身の破滅だ。だが霞は、そうした境遇に陥ることにこそ魂の自由を感じていた。

「むしろ、奥さんの身体でチンポの役に立たない部分なんてない、って断言できるレベルだもんな」

「あふぅ、私をオカズにして勃起してもらうところから、ご利用いただけますぅ……っ！　あっ、あっ、オナホに使うのはもちろん、避妊なしの中出しで孕ませ遊びにもお使いいただけまぁすっ!!」

「女として取り返しのつかない告白を白昼堂々と口にするのはスカッとするだろ」

「あんっ、あぁっ、恥ずかしすぎてゾクゾクしますっ、牝穴がますます敏感になってチンポ凄いですぅっ！」

もう人目もはばからず、熱く脈動している肉棒との一体感にのめり込んでいる。セックスとは愛情表現のひとつと考えていたかつての自分が、どれほど世間知らずだったのかと霞は思い知らされていた。事実は逆だ。自分のような牝には、身体の相性がなによりも重要なのだ。卑しいマゾの欲望を叶えてくれる相手にこそ思慕の念を抱いてしまう。

「こんなチンポを呑み込んでいる牝穴が丸見えのガニ股ポーズなんて、正気の沙汰じゃありませぇん！」

「へへ、そりゃあ奥さんは正真正銘のチンポ狂いだもん。とっくの前に正気なんてなくしてるだろ」

「あぁっ、ふはぁっ、チンポ凄いぃっ、そ、そうですっ、私はチンポに逆らえない牝マゾですぅっ！　あぁん、ダメぇっ、もうおしまいですっ、人間廃業ですっ、あはぁっ、二度と人間には戻れませぇんっ!!」

「よし、ようやくそこまで自覚できるようになったか。やっぱチンポの効果は偉大だぜ」

完全に我を忘れて抽送の快感に悶え悦ぶ女体にとどめを刺すべく、軽介はラストスパートをかける。

「おふぅっ、おぉおんっ、響くぅっ、痺れる蕩けますぅっ、凄いのチンポっ、ふはっ、くひぃっ！　おっ、おっ、子宮を狙われてますぅっ、キンタマ直送子種が浮気マンコを孕ませうとやってきますぅっ!!」

「さあ、出すぞ奥さんっ、旦那さんががんばって働いているってのに肉便器バカンスを満喫しやがってよっ」

「くひぃっ、言わないでぇっ、あぁっ、ダメなのぉっ、またチンポに負けちゃうっ、あっ、あぁぁっ！　カリ高勃起チンポにおねだりしちゃってますっ、中出し乞いしてるぅっ、凄いのっ、あぁん、ダメぇっ!!」

射精を促す膣腔の蠕動《ぜんどう》はあまりにも露骨で恥知らずにもほどがあった。己の軍門に下った牝の仕草に満足して肉棒はご褒美とばかり熱い精液をぶちまける。

「イクイクイクうぅぅっ、おおぉおぉっ、どぴゅどぴゅ感じるっ、中出しアクメマンコおぉおおぉっ！　あひぃっ、ふはぁっ、チンポ大暴れぇっ、いいのぉっ、たっぷりザー汁好き好き気持ちいぃいいぃっ!!」

「おおぉっ、積極的に吸い尽くそうと締め付けてきやがるぜっ、絶頂中のヒクヒクした痙攣が最高だっ！」

牝の胎内に精を放つ瞬間の興奮は何度味わっても飽きることがない。霞のように極上の女体ならなおさらだ。この牝は俺の所有物だと、他の男たちに見せつけるように射精を繰り返していく。

「くはぁっ、熱いザー汁溢れかえりますぅっ、イキまくりマンコですっ、幸せに蕩けまくりですぅっ！」

「へへっ、白状したなぁこの淫乱マゾの変態奥さんがっ、ここが公衆の面前だって分かってんのか！」

「ひぃっ、ひぃっ、絶賛種付け中ですぅっ、子宮アクメでチンポのことしか考えられませんっ、んあぁあぁっ‼」

背後から串刺しにされたまま、痙攣が止まらない様子の肢体が艶めかしい。恥毛が丸見えの下腹部も荒い息に合わせて波打っている。

「くふぅ、あはぁ……っ、ま、まだイキまくってますっ、発情粘膜にねっとりザー汁染み渡りますぅ……っ！」

「ははは、奥さんがチンポ堕ちした肉便器だってことは、この場で見ている連中が証人になってくれるな」

「ふぅ、んふぅ、しょ、証人……？　あぁ、えっと、あぁん、ダメぇ、まだ頭まわりませぇん……っ」

絶頂の余韻が長引いている。かつては存在していた浅ましい肉欲を貪ることへの抵抗感が、圧倒的な快感に耐えきれず摩耗しきって消滅してしまったからだ。

「深く考えるなよ。子宮で考えるのがマゾ牝だぞ。ほら、奥さんはどんな生き物なんだ？」

「はぁ、あふぅ、それはぁ……っ、あはぁ、チンポに目がないザー汁大好き淫乱マゾの肉便器でぇす！」

「だったらいいこと教えてやるぜ。みんなに見てもらえたお礼に感謝の嬉ションするのが牝マゾのマナーだ」

「はぁ、はぁ、は、はい、では、しますぅ……っ、この場でオシッコ漏らしてみせますぅ……っ！」

パックリ開いたままの秘裂の間で、尿道口が緩むと黄色がかった色の濃い小水が水鉄砲のように噴き出した。

「あぁんっ、どうぞご覧になってくださいぃっ、あはぁぁ、チンポはないけど牝穴晒しの立ちションでぇす！」

「ははは、やっぱもう人間やめてるわ。まともな神経してたら、女が立ちションなんて死んでもできねぇぞ」

「あふぅ、これは仕方ないんですぅっ、言うこと聞かないと、ぜぇんぶ夫にバラされちゃうからぁ」

膀胱がパンパンになるまで溜まっていたのか、噴き出る小水の勢いはなかなか衰えない。霞にしてみれば立ったままの排尿も初体験なら、それを衆目の目に晒すのも初体験だ。

「あぁ、で、でもこれはぁ……っ！」

肉便器扱いされるたびに感じていた、すっかりなじみ深くなった痺れるような甘い快感が拡がり、目の前でチカチカとフラッシュのような光が瞬く。

「あふうぅぅ、気持ちいいぃっ、尿道も感じちゃうぅぅ、凄いのぉっ、嬉ションン尿道アクメぇえぇぇっ！」

またしても霞がビクビクと全身を痙攣させて、トロトロに蕩けきっただらしない淫らな笑みを浮かべる。

「ひぃ、ひぃ、こんなの初めてぇ……っ、オシッコでもイケちゃうなんて、あぁん、またイクイクイクぅっ！」

被虐の悦楽に呑み込まれた理性の欠片もない痴女の嬌声が、ビーチにいた人々の度肝をぬいていた。

常軌を逸した行動に好意的な目を向けるものは少なく、侮蔑の声がそこかしこから聞こえてくる。そして、その度に霞の全身を駆けめぐるのは妖しくも背徳的な甘い痺れだった。

第七章 日曜日の穴あき水着

当初、霞が夫と予定したバカンスの最終日が今日だった。明日の午前中には保養地を立って帰宅の途につく。

軽介にしてみれば、偶然とはいえせっかく手に入れた肉便器だ。最後の最後までしっかり遊び尽くし堪能させてもらう気満々だった。

さらに、休日のビーチともなれば人出は普段とは比較にならない。絶好の露出責めチャンスだ。

「……それで、こんどはこんな穴あき水着を着せるなんて。ホント変態なんだからっ」

「けど、おかげで乳首がビンビンに勃ってるのが丸わかりだぜ。下が大洪水なのも隠せていないしな」

「全部、あなたのせいじゃない。しかもまた、こんな晒し者にしようだなんて」

羞恥に震えながらチラチラと周囲に視線を走らせていた。ブラはしっかり乳輪まで丸見えだ。股間にいたっては恥毛が露出している。これで目立たなかったらウソになる。

「昨日に比べて、確実にギャラリーが増えたよな。あれ、みんな奥さん目当てなんだぜ」

「いい迷惑ですっ、こんなことしてたら、いつか捕まってしまいそう……」

「ま、どうせ今日でここととはおさらばなんだろ。気にすんなよ」

「気になるに決まってるじゃないですか、いっぱいスマホとかでも撮られてしまったのにっ」

　霞には分からないことだが、これまでの休日と比べても今日は海水浴客が多い。心なしか……いや、あきらかに若い男の姿が不自然に目につく。そわそわと落ち着かなげになにかを期待するような、好色な目で周囲をせわしなく見回している連中ばかりだ。

「さぞやあちこちで変態痴女の露出狂がいたんだぜって、話題になってるだろうな」

「や、やっぱりそうなりますよね……友達や知り合いに、自慢げに言いふらしそうですし……ああぁっ」

「へへ、ちゃっかり興奮してんじゃねぇよ」

「こ、興奮なんて……いえ、そうですね、私の身体はもう取り返しのつかないことに……」

今さらいい子ぶっても空しいだけだ。散々、惨めでえげつない貪欲な牝の性を軽介の前で晒してしまったのだから。

「分かってるなら、んじゃ今日もしっかり見せつけてやろうぜ。さあ、はりきっていこう！」

「は、はい、失礼しますねっ」

差し出された肉棒の前で跪《ひざまず》くと、うやうやしく乳房で挟んでゆっくりと扱きだす。突きつけられた切っ先の鈴口から、我慢汁がガラス玉のようにプックリと盛り上がっていた。

「んんぅ、あぁ、硬い……っ、熱くて、うぅ、匂いも蒸れて酷いものにっ」

「そんなイヤそうな顔するなよ。ホントはご褒美のクセに」

「あぅ、んんぅ、またチンポだけ洗ってないんですね、こんな臭いものがご褒美なんてとてもとても正気とは……」

「いいやご褒美だろ。遠慮はいらねぇ。カリ首の辺りとか、タマ袋とか、好きなだけ犬みたいにかいでみろよ」

傲慢な口調で煽ってやると、恥ずかしさと悔しさで潤みがちの瞳が見上げてきた。

「またそうやって……うぅ、匂いだけで目に染みそうなんて、よっぽどですよ」

スイカのような豊乳がさらに大胆に肉棒を扱き、揉みくちゃにする。熱の入った霞の仕草からは、自分の乳房は男性器に奉仕するためのオナホでしかないという事実を受け入れた牝の、貫禄らしき淫らな雰囲気を立ちのぼらせていた。

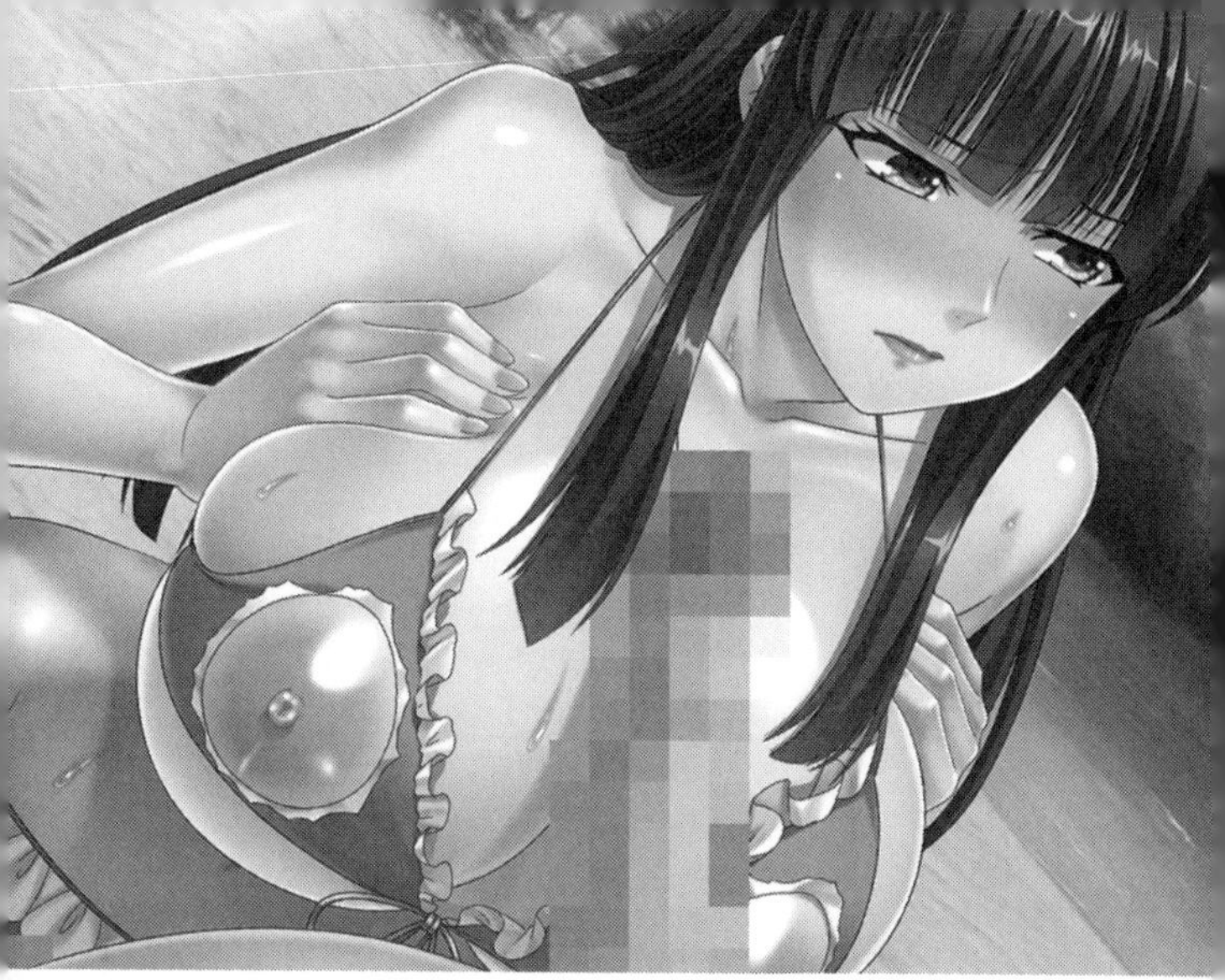

「あぁぁ、はぁ、あふぅ、臭い……っ、臭すぎて頭がくらくらしそうですっ」

「悦んでもらえたようでなによりだぜ。うっとりしやがって、マジ、チンポに目がない淫乱に成り下がったな」

「んく、ふぅ、あぁぁ、昨日もあれだけ丹念に後始末のおしゃぶり清掃したのに、どうしてこんな……」

「そりゃ奥さんのことを思い浮かべるだけで勃起しちゃうからだぜ。すぐに我慢汁でヌルヌルまみれだし」

　他人から評価されるとうれしいものだ。それが人間としてではなく優秀な性欲処理の道具としてでも、牝に堕ちた人妻にはドキドキと胸を高鳴らせる甘い言葉となにも変わらない。

「うぅ、そんなに？　きっと私が目の前にいなくても、脳内で好き勝手に弄んでいるんでしょうね」

「へへ、とうぜんだろ。なんせ、すっかり奥さんの身体に夢中だからな。淫乱マゾの全身オナホは最高だぜ」

「ふぅ、んく、だからってオッパイまでチンポ扱きに使わせるなんて」

「パイズリは巨乳の義務だぞ。むしろ誇りに思えよ。貧乳の子に申し訳ないと思わねぇのか」

軽介は軽く腰を突き出して、霞の顔に我慢汁を塗りつける。牡として支配者としてのマーキングであり、マウントだ。

「はぁ、はぁ、このオッパイのせいであなたに目を付けられたのなら……誇らしいなんて、とてもとても……」

「むしろ疎ましいってか」

「もちろんですっ」

「ははは、奥さんがそんな殊勝なタマかよ。牝の悦びを教えてくれたチンポにベタ惚れのくせに」

横柄にパイズリを強要されても、いそいそと甲斐甲斐しく従ってしまう。軽介の目に映る今の霞は、素直になれないプライドの高さが窺えるツンデレ妻だ。

「んっく、ふぅ、その自信がどこから湧いてくるのか、ホント、理解できません」

「そりゃお前、言ってることとは裏腹に熱心なパイズリ奉仕に勤しんでいる牝マゾがいるしな～」

「んっく、ふぅ、ふぅ、ど、どうせ逆らってもムダなのが分かってるからです……っ」

「チンポ使われたら、の間違いだろ」

「はぁ、はぁ、んく、し、知りませんっ」

頬を染め、視線をそらす。早くも子宮に切ない疼きを覚え、剥き出しにされている陰部からは牝の体液が糸を引いて滴り落ちる。

「恥ずかしがったところで今さらだな。そろそろ、チンポも温まってきたし、まずは景気づけといくかっ」

「あぁん、オッパイの中でビクビクって……はぁ、あぁぁ、チンポがイキそうになってるぅぅ……っ」

「たっぷりぶっかけてやるぜ。理性の仮面を剥ぎ取ってやろうじゃねぇのっ」

「あ、あぁ、クルっ、チンポ熱いっ、硬いのっ、はぁ、あぁぁっ、だ、ダメぇっ!」

上ずった声は、公衆の面前で汚される期待に満ちていた。軽介の睾丸がせり上がると同時に、肉棒の先端から白濁液が噴き出す。

「あぁぁっ、くぅんっ、ふあっ、やぁんっ、熱いっ、凄いのっ、くひぃっ!」

「ほらほらどうだっ、ちゃっかりぶっかけられただけでイッてんじゃねぇよっ」

「くうぅ、あっ、暴れてるぅっ、こんなにいっぱい……っ、ザー汁の匂いが染みついちゃうぅ……。はぅ、あぁんっ、出し過ぎですぅっ、あふぅ、あんっ、チンポ凄いっ、凄いのぉ……っ!」

牝の蕩けた嬌声がビーチに響く。たちまち周囲の視線が集中した。ネットの噂を聞きつけ半信半疑で足を運んできた男たちが一気に盛り上がるが、浴びせられる精液に気をとられている霞はまだそのことに気がつかない。

「くはぁ、はぁ、あぁっ、射精の勢いがありすぎて、鼻の中まで入っちゃったじゃないですか……。も、もう、これ絶対ワザと狙いましたね、ツンときて目に染みるんですよ！」

「ますます興奮するだろ。なんせ奥さんときたら救いようのないド変態のマゾ牝だもんな」

「んく、うぅ、い、イッてしまったのは生理的な反応みたいなもので……けっして望んだものではっ」

「堕ちるところまで堕ちてるってのに、なに言ってやがる」

主導権は軽介にある。もはや手中に堕ちた人妻を手玉にとることは造作もない。

「へへ、そこまでイヤだってなら、チンポはお預けにしてやってもいいんだぜ」

「え、そんなっ、い、いいえ、だって硬く反り返ったままの勃起チンポだと、男性は苦しいままなのでは？」

目に見えて狼狽えていた。根が正直者な霞なので、一度目覚めた淫蕩な欲望はもう以前のように隠し通すことができなくなっている。

「そりゃそうだろ。ま、その辺の女子大生でもナンパして、代わりのオナホにでもするさ」

「あぅ、その、ま、待ってくださいっ、これ以上、罪のない女性を酷い目に遭わせるのはあんまりです……っ」

「一度こうなったらチンポは治まりが付かねぇって知っといて、奉仕を嫌がったのは奥さんだろうが」

「あぁ、えっと……分かりました。どうせ今日で最後ですし、私がお相手しますっ！」

あからさまな偽善に満ちた大義名分だった。

「へぇ？」

思わずニヤニヤしてしまう軽介だった。浅ましい欲望に素直になれない人妻の様子は、あまりにも滑稽だ。

「俺と奥さんの仲だ。どうしてもってんなら、これまでどおりに肉便器にしてやるぜ」

「どうしてもだなんて……い、いえ、そうですね。私は穢れきった身体ですし、被害を食い止めるなら……」

「んじゃ土下座だっ、他の女よりも自分にチンポを恵んでくださいってなっ」

「くうぅ、は、はい、しょうがないですもんねっ」

口ほど渋々な様子はない。それどころか、待ってましたとばかり勢い込んで砂地に両手を付いた。

「ど、どうかこのとおりです。私にあなたの勃起チンポの、ザー汁処理をさせてください……っ」

「遠目にギャラリーがいるってことを忘れるなよ。他人の視線を意識しながら、もっと大きな声を出してみろ」

ジロジロとスケベ根性丸出しの眼差しが、いくつも自分に向けられていることに霞も気がついた。なんともマゾの感性を刺激するシチュエーションだ。

「うぅ、どうか勃起チンポのザー汁処理をさせてくださいっ、なんでもしますからっ！」

「なんでもってなら、チンポにおねだりキスをしてもらうぜ」

「は、はい、おやすいご用ですっ、で、ではっ」

口唇を差し出すように、うやうやしく接吻する。肉棒にポッテリした扇情的な感触を覚え、軽介は鼻の下を伸ばす。

「ちゅ、ちゅぷ……どうかチンポをお恵みください、ちゅ、ちゅ、牝穴オナホにお使いくださいっ」

「裏筋とか鈴口をもっと積極的についばむように！」

「ちゅ、ちゅ、ちゅっ、れろろ、しょっぱい我慢汁がどんどん溢れ出てきますぅ、ちゅ、んちゅぅっ！」

「次はケツ穴舐めだぜ。覚悟はいいか」

軽介が海パンをずり下げ霞の眼前に尻を向ける。霞は尻毛が密集した男の肛門に嫌悪の色を浮かべるどころか、トロンと酔ったような眼差しで舌を伸ばした。

「それはもちろん、ちゅ、んちゅ、じゅちゅちゅぅ……っ！」

「ちなみに、今朝は柔らかいのをヒリ出したあと、ウォッシュレットじゃなくて紙でさっと拭いただけだぞ」

「くぅぅ、か、かまいませんっ、チンカスしゃぶりも受け入れる口マンコにお任せくださ い……っ」

唾液で濡れ光る舌が、情感たっぷりに蠢《うごめ》いていた。

「んちゅ、れろろ、れろん、どうか気持ちよくなって、もっとチンポビンビンにしてくだ さい、れろんっ」

「ケツ穴舐めのときは、どんなことに気をつけるんだ?」

「ちゅ、れろろ、シワの一本一本を舌先でなぞるように、丁寧にです、れろん、ちゅ、れ ろろんっ」

「牝らしく発情してるせいで舌まで火照《ほて》ってるな。おかげでケツ穴マッサージが気持ちい いぞ」

主人に褒められた飼犬さながら、霞の表情がパッと明るくなった。淫らで穢らわしい奉 仕にもますます乗り気になってしまう。

「ありがとうございます、れろろ、ちゅ、んちゅ、舌を挿れます、力を抜いてください、 れろろっ」

「おう、よろしくたのむぜ。チンポほしさになんでもするって姿を、ちゃんと晒さないとな」

「んふぅ、あぅ、れろ、れろん、わ、私はチンポのためならケツ穴の中まで舐め回す肉便 器ですぅ! ちゅ、れろろ、今も積極的に舐め回してマッサージしてます、れろろ、れろ ろ、れろん、あふぅっ‼」

　舌先にピリピリした苦みを感じて吐き気を催すどころか、脳が熱く痺れるような興奮を味わっていた。人妻の浅ましい裏の顔が表層に浮かび上がり、肉便器の意識がその身を支配している。

「へへ、トイレの後、ちゃんと綺麗になってるか自信がなかったんだけど、大丈夫だったか?」

「れろろ、は、はい、れろん、これでもうすっかり綺麗になりました、味でわかります、んちゅぅっ」

「よし、ごくろうさん」

　屈辱的なアナル舐めを強いられても、絶対服従の姿勢は崩さない。他人の人妻を肉棒ひとつで屈服させた達成感は、牡のプライドにとても心地いい。

「ん~、おかげで我慢汁が糸を引いて滴り落ちるくらいには、チンポがビンビンにな

ったぜ」

「も、もうバカにしてっ、どうせ舐められた感触よりも私の惨めな姿のほうに興奮したんでしょう」

「奥さんこそ、そういう人間扱いされない仕打ちにマゾの興奮を味わってるんだろうが」

「わ、私はソコまで変態では……」

「へへ、どうせそうやって強がっていられるのも、チンポをハメられるまでのクセに」

　自分の言いなりになる姿を嘲笑い、下卑た嗜好のまま霞を辱め衆目に晒していく。

「ほら、チンポ乞いの続きだ。忘れるなよ、大きな声でハッキリとだっ」

「くぅっ、キンタマがパンパンになるまでたまってる子種を牝穴オナホを使ってすっきりしてくださいっ！　硬くて大きい絶倫チンポのザー汁処理こそ、肉便器である私の存在理由ですっ！　どうかこのとおりですっ、中出し生マンコで種付け遊びしながら公開レイプの晒し者にしてくださぁいっ‼」

隷属を強いられる悦楽を知ってしまった霞も心得ている。どれだけ破廉恥で下世話な懇願でも問題ない。被虐の快感は甘い蜜のように人妻の脳髄を蕩けさす。

軽介は、己の逸物《イチモツ》を軽くひと振りする。これから人妻がどれだけえげつないサイズの凶器を受け入れさせられるのか、周囲に見せびらかすためだ。

「ははは、そこまでおねだりされたら応えてやるしかねぇな。ありがたく、チンポを受けいれろよっ」

霞に土下座の体勢を維持させたまま、背後から犯しにかかる。

「くひぃぃっ、くぐうぅ、おおぉっ、深いぃいぃっ、チンポっ、あぁんっ、ゴリゴリ子宮に響きますぅっ！」

「肉便器風情が人間らしく抱かれるなんて生意気だしなっ、土下座したままチンポ扱きだっ、オラオラ！」

「おふぅ、あぁぁんっ、とっても乱暴ですぅっ、道具扱いですっ、あひっ、とっても凄いのぉっ！」

「うれしそうに締め付けやがってっ、やっぱり奥さんは救いようのないマゾ牝だぜっ、この淫乱妻がっ」

孕ませ乞いをさせられた姿勢を崩さないまま、背後の男から好き勝手に犯されている。

それで嫌がるどころか賛美の嬌声を響かせるのだから、霞に同情的な視線を向けるものは皆無だ。

「あぁっ、ひあっ、激しぃっ、いつもいつも一方的過ぎますぅっ、自分のことしか考えてないチンポですっ！」

「そうやって貪られるように犯されるのが大好きなのが奥さんだろっ、ほらもっと顔を上げるんだよっ」

「あぁっ、やだ、今っ、向こうの人と目が合いましたっ、あひっ、髪を引っ張られたら顔を伏せられませんっ！」

「へへ、だから見てもらえって言ってんだよっ、牝穴をオナホにされてるのに悦んでるマゾ牝の顔をなっ」

スマホを構えている見物客も、チラホラと目立ちだした。男たちのＡＶ撮影でも見物するかのような好色な視線、女たちの汚らしい排泄物でも見るような嫌悪の眼差し、そのどれもが霞の被虐欲を刺激した。

「くうぅ、ふはっ、あぁんっ、ダメぇっ、恥ずかしすぎますっ、感じすぎてヘンな顔になってるのにぃっ！」

「チンポでかき回されて喘いでいるだけだろっ、ごく当たり前の牝顔なんだから堂々と見せびらかせよっ」

「ひぃ、ひぃっ、でも人に見せていい顔じゃ……っ、あぁんっ、イヤぁっ、こんな顔、見ないでぇっ！」

「青姦キメてる肉便器の分際で今さら人間気取りかよっ、自分の立場ってモノを思い知らせてやるぜっ！」

性玩具などの作り物とは違う、生物ならではの淫靡な蠕動《ぜんどう》は味わうたびに新しい発見があり、すっかり軽介のお気に入りとなっている。

「ますます激しく乱暴にぃっ、太くて硬いカリ高勃起チンポでそんなことされたら、牝穴壊れちゃいますっ！」

「これでどうにかなるような可愛い代物かよ、子種に飢えた人妻の貪欲さときたらシャレにならねぇもんなっ」

「ひあっ、あぁっ、あぁんっ、奥で響くぅっ、痺れて蕩けちゃいますっ、あひっ、チンポたまりませぇんっ！」

完全に馴染みきっていた。どれだけ派手に突き上げてもしっかり吸い付いてきて、すっぽ抜けたりはしない。発達したカリ首がヒダの多い膣壁をこすり上げるたび、霞の脊髄で快感が駆け上がってくる。

「子宮に連続チンポでおかしくなっちゃいますっ、あひっ、くはっ、また脳みそおかしくなっちゃうぅっ！」

「いいぞ、奥さんっ、調子がでてきたようだなっ、もっと本性をさらけ出してみろっ」

「あぁっ、いいのぉっ、ビリビリ電気も強くなってるぅっ、突き抜けてきますぅっ、あぁっ、んひぃっ！　子宮で痺れて背筋を伝って脳みそで弾けますっ、チンポで突かれるたびに目の前で光が弾けますぅっ！」

「快感が視覚化するくらい強烈な刺激を受けたら、そりゃ理性なんてあっという間に消し飛ぶわなっ」

愛液が止めどなく溢れ出し、聞いたものの羞恥心を刺激する抽送の派手な水音が、見物人の耳にまで響き渡る。

「あぁっ、あひっ、チンポに敵わない牝穴ですっ、肉便器らしくザー汁処理に使われまくってますぅっ！」

「さっきまでの嫌々相手してますぅって態度はどうしたっ、ほらほら奥さんの大好物はなんなのか言ってみなっ」

「あぁんっ、チンポですっ、とっても大きい素敵な絶倫チンポが大好物なんですぅっ！」

「そんなチンポの生オナホになれるなんて、牝マゾにはとっても名誉なことじゃねぇかっ」

人妻の恥知らずな告白を聴衆に届けるため、軽介は意地悪く肉棒を操り続ける。肉棒責めで自白を促されたら、霞に抵抗は不可能だ。

「あっ、あっ、そうですぅっ、とっても私は幸運な肉便器ですっ、運命の出会いだったんですっ！　あはぁっ、気持ちいいですっ、牝穴壊されそうなくらい乱暴に犯されて最高なんですぅっ‼」

「旦那さんのチンポじゃ満足できない不貞の淫乱妻には、活きのいい子種の孕ませ遊びでも大歓迎だもんなっ」

「あひっ、中出しいつでも大歓迎マンコですっ、くはぁっ、こってり特濃子種の大ファンマンコですっ！」

発情した子宮が今にも灼きつきそうだった。興奮し、我を忘れたケダモノは露骨に精液をねだり続けている。

「おお、確かに子宮が下がりまくってるなっ、チンポのお出迎えごくろうさんだぜっ」

「くはぁっ、牝穴が勝手にチンポ締め付けてますっ、言うこと聞きませんっ、また暴走してますぅっ！　あはぁっ、熱いですっ、灼け死にそうですっ、子宮おかしいですっ、これ以上は耐えられませぇんっ!!」

「んじゃ、心優しいチンポ様が、たっぷりとザー汁を恵んでやろうかっ」

軽介が目の前にぶら下げたニンジンに、霞は知性のかけらもない昆虫並の脊髄反射で飛びついてしまう。

「あぐぅっ、ありがとうございますっ、くださいっ、ほしいですっ、キンタマ直送ザー汁お願いしますっ！」

「よしっ、ラストスパートいくぜっ！」

腰を打ち付けるたびに霞の全身も揺れている。肉棒の一点に集中する衝撃が、絶叫に近い牝の喘ぎ声を絞り出していた。

「ふほぉおぉっ、あひっ、あっ、あぁんっ、いいっ、凄いのっ、ガンガン響くっ、子宮蕩けるうぅっ！　チンポ最高っ、あぁっ、あひっ、たまりませんっ、好き好きチンポっ、あぁっ、ふはっ、もっともっとっ‼」

「くうぅっ、キンタマがせり上がって苦しいくらいだぜっ、さあ、尿道に特濃なのが殺到してきたぞっ！」

「あっ、あっ、くるっ、こってりザー汁っ、くださいっ、子宮に出してっ、いいのっ、あんっ、あぁぁっ！」

睾丸で高まりきっていた獣性は、剛直が子宮を打ち据えると同時に、弾けるように解放された。

「イッくううぅっ！　ふおっ、おほぉおぉっ、くはぁっ、どぴゅどぴゅザー汁っ、熱いっ、凄いのぉおっ！　おぐぅ、くはぁっ、連発子種っ、くぐぅ、子宮口に当たりまくりっ、ぶっかけザー汁気持ちいいですっ‼」

「くうぅっ、うおっ、ふはぁっ、どうだっ、また完全屈服させてやったぜっ、ほらもっとイッてみなっ！」

一瞬で胎内を埋め尽くす射精量は牝の本能を誘惑してやまない。誰が支配者で、誰が奴隷なのか。理屈抜きで理解させられてしまう。

「あぁぁっ、イクイクマンコぉっ、あひっ、逆らえませんっ、イカされちゃいますっ、あっ、あぁぁっ！　どぴゅどぴゅ止まらないぃっ、まだ出てますっ、勢いよすぎて子宮の中まで子種が押し寄せてきますっ‼」

「奥さんのイヤらしい牝穴が具合がよすぎるぜっ、おかげでいくら出しても飽きがこないんだけどなっ」

「おふぅっ、くはっ、ザー汁アクメしまくりぃっ、ふはっ、押し上げられるっ、落ちてきませぇぇん……っ！」

女体に大きな痙攣が何度も走る。落雷を受けたような絶頂はまさに天災のようなものだ。その激しい暴虐の嵐が通り過ぎるまで、霞にはただ翻弄され続けることしかできない。

「ふはぁっ、はぁ、あぁぁ、頭クラクラしますぅ……っ、こ、腰が抜けちゃいましたぁっ」

「へへ、そんなに激しくイキまくってたんだな。生オナホにされるのがクセになってる証拠だぜ」

「ふぅ、ふぅ、たっぷり中にザー汁たまってるせいで、あはぁ、ずっとイカされ続けてるんですぅ、中出し全自動アクメマンコになっちゃってますぅ、あふぅ、牝穴が熱いですぅ、元にもどりませぇん」

「余計なこと考えずに済むから、そっちのほうが奥さんには幸せなんじゃねぇの」

霞はなにも言い返すことができない。魂まで穢しつくすような絶頂で脳髄まで蕩かされてしまったからだ。

「そうだな、試しに、俺の足を舐めてみな」

「れろ、れろろ、ちゅ、んちゅぅ……っ、はい、このとおりですぅ、れろん、れろろっ」

「よしよし、素直なもんだぜ。だったら聞かせてほしいんだけど、実はまだまだヤリたり

ねぇんだろ」

「あはぁ、そ、それは……そうかも……」

もじもじ悩ましげに尻を振り続けている。牝穴に物足りなさを覚え、とてもジッとしていられない。

「どうだ奥さん。自分がマゾ牝だと認めるなら、がっつり心ゆくまでチンポを恵んでやってもいいぞ」

「はぁ、はぁ、ち、チンポ……がっつり……っ、うっく、み、認めますぅ、私は卑しいマゾ牝ですぅっ！」

絶頂の余韻が完全に理性を麻痺させている。本能に根ざした牝の欲望をうれしそうに口にしていた。

軽介にしても、まだまだ霞を解放するつもりはない。牡の嗜虐的《しぎゃくてき》な衝動はくめど尽きせぬ獣欲の泉だ。その人妻の肉体をもって骨の髄まで愉しませてもらうつもりだった。

恥毛が生い茂る股間の秘裂から精液をしたたらせたままの霞を連れて、またホテルの部屋に足を運ぶ。肉棒の反り返り具合は、少しも落ち着く気配はない。

「はぁ、はぁ、こんどはなにをするつもりなんですか……？　わざわざ部屋に移動するなんて」

「奥さんは肉便器だからな。やっぱ、一度ちゃんと肉便器らしく犯してやるのも躾《しつけ》になるってもんだ」

「えっと、つまり……？」

「肉便器ポーズに拘束するための小道具が、ビーチにはなかったからだ。その点、室内なら手間がねぇしな」

軽介の発想はひねくれているため、これまでの人生を常識人として過ごしてきた霞に想像がつかない。

「今いちよく分かりませんが……ど、どうせ今日で最後ですし、なんでも言うことは聞くつもりです」

「へへ、いい覚悟だな。んじゃ、さっそく肉便器らしく犯してくださいとおねだりしてもらおうか」

「うっく、あぁ……どうか、肉便器らしく犯してくださいっ！」

ふたつ返事で応えた霞だが、相手は女を辱めることにこの上ない興奮を覚えるサディストだ。ここから、さらなる恥辱を強いてくる。

「心がこもってねぇぞ。ガニ股になって、もっと人間性を貶める感じで卑屈にチンポ乞いするんだよっ」

「は、はい……っ！」

また大胆に足を開いて軽く腰を落すと頭の後ろで手を組んだ。きっちり躾けられていた条件反射によって、たちまち被虐の予感で胸が高まってしまう。

「あぁ、発情マンコがチンポほしさに勝手にヒクヒクして、ザー汁とマン汁がダラダラ溢れています ぅ。これはもう、身体がチンポのことしか考えられないくらいに肉便器化が進行してしまったからですっ」

軽介は好色な笑みを浮かべ、無様な告白の続きを顎で促す。

「で、でも私はまだまだ初心者肉便器で、とても最高級品にはほど遠いです、な、なので……ど、どんな恥ずかしい仕打ちでもご褒美にしか感じられない、ド変態の肉便器に躾けてくださいっ！」

「へへ、俺に初めてナンパされたころの奥さんに、今の自分の姿を見せてやりたいもんだぜ」

「ううぅ、言わないで……惨めでたまらなくなるだけですぅ」

「つまり、ご褒美ってことだな。ほら、腰振りしながら、もっと下品に露骨な直球乞いしてみろっ」

軽介の命令は絶対だ。頭でなにか考えるよりも早く、人妻の身体は反応してしまう。

「あぁ……ち、チンポくださいっ、勃起チンポっ、太くて長くて硬い絶倫チンポっ、チンポ、チンポぉぉん！」

「ははは、溢れ出した牝臭いマン汁が糸引きながら飛び散ってるぜ。部屋を汚すなよ、このマゾ牝がっ！」

「ごめんなさいっ、でもチンポほしいんですっ、腰振りくねくねチンポ乞いですっ、チンポ、チンポぉぉん！」

「まったく、恥も外聞もない奥さんだぜ。しかたねぇな、そこまでねだるならきっちり躾けてやるぜ」

ロープを用意するとベッドの上で霞の肢体をM字開脚で拘束する。嬲《なぶ》られるために縛られるなんて初体験だ。彼女は柔肌に食い込む縄の感触に、さっそく呼吸を荒くしてしまう。

「ううぅ、これでは身動きが取れません、あはぁ、なにをされても逃げられないってことですか……っ」

「どうだ、興奮するだろう。肉便器にチンポを選り好みする権利はないってもんが、よく体現できてるぜ」

「そ、それでここからどうするつもりですか？　ただオナホ扱いされるだけなら、今までと同じですし」

「奥さんは、まだ自分が人間だと思ってる節があるからな。その辺を徹底的に改めるための調教を施してやるぜ」

悪辣《あくらつ》な笑みを向けられた霞は、改めて自分が人間扱いされていないのだと思い知らされた。

「心も身体も取り返しがつかないくらい穢されてしまったのに、まだ満足してもらえないんですか？」

「当たり前だろうが。奥さんにしたって、これで最後だから堪え忍ぶなんて心にもないこと言ってる時点でな」

「う、ウソなんかじゃありませんっ、きっと明日からは幸せで平穏無事な日常に戻るんです……っ！」

「へへ、いつまでそうやって自分の本音から目を背けていられるかな？」

軽介はサインペンを手に取る。キョトンとする霞だが、すぐにどんな悪ふざけをされるのか理解する。

「どうだっ、公衆便器といえば落書きっ、つまり肉便器にも落書きがよく映えるってもんだぜっ」

「くうぅ、それ油性でしょ、洗っても落ちないじゃないですかっ！」

「だからいいんだろ。しばらく風呂にはいるたびに、自分がどんな目に遭わされたのか実感できるからな」

股間の周りに卑猥な文字を書かれてしまった。仮に夫に見られてしまったとして、『チンポ大好き』ではどんな言い訳も不可能だろう。

「……今日で終わらせる気はないってことですか？　都合良くなかったことにはさせない、とっ！」

「そもそもだ、奥さんがこいつを忘れられるのかって話だぜ」

見せつけるように肉棒を取り出すと、たちまち霞はうっとりした眼差しでそこに目を釘付けにする。

「あんっ、あぁ、い、いよいよ……っ」

「そんな物欲しげな目すんなよ。ははは、慌てない、慌てないっと」

中出しされた精液と溢れ出た愛液でドロドロに濡れた肉溝にそって、肉棒を何度も往復させる。切っ先が敏感なクリを引っ掻くたびに、霞は期待感を煽られずにはいられない。

「くうぅ、す、するんじゃないんですか？　はぁ、はぁ、散々私に卑猥なチンポ乞いさせておいてぇ」

「この牝穴をオナホとして使うかどうかの選択権は俺にある。俺がその気にならなきゃずっとお預けだ」

「はぁ、はぁ、でもあなただって、んく、こんなに熱く硬くなってるのに、ここでガマンなんて……っ」

「奥さんだってこのクリはなんだ。ツンツンに勃起しきって、包皮の下から頭が勝手に出てるぞ」

　こんどは重点的に擦り出す。同じ勃起した性感帯の塊だが、互いに刺激し合えば不利なのは亀頭に比べてより快感神経が密集している肉芽のほうだ。

「ひぅ、あぁんっ、イヤぁ、こね回さないで……っ、ひぃ、ひぃ、牝穴が切なくなっちゃいますぅ」

「どうだ分かるだろ。どれだけこの淫乱な身体がチンポを求めても、どうすることもできないんだぜ」

「ううぅ、拘束したのはこのためなんですねっ」

「エサをねだるヒナみたいに牝穴パクパクさせやがって、よっぽど犯してもらいたいらし

チンポ大好き
肉便器
露出狂

いな」

　ビーチでも中出しされた霞の身体は、取り返しがつかないほど発情している。こうなると強がりを口にする余裕すらない。

「肉便器の立場ってモノが身に染みて分かるだろ。奥さんを生かすも殺すも俺次第なんだぜ」

「うっく、おねがいです焦らさないでっ、それともまたチンポ乞いすればいいんですか？」

「いちいち確認することかよ。そこまで奥さんが察しの悪いバカな牝だとは思わなかったぞ」

「くっ、うぅぅ、ち、チンポ……っ、チンポくださいっ、挿れてっ、チンポおねがいですからぁ！」

　劣情に満ちた懸命な懇願は、とても夫ある人妻のものとは思えない。理性と知性を投げ捨てた目先の肉棒にしか興味がない牝の淫獣だ。

　だからといって、軽介はそう簡単に望みを叶えてやるような男ではない。むしろますます調子に乗って嬲りにかかる類《たぐ》い稀《まれ》なゲス野郎だ。

「今さらその程度じゃな。挿れてほしかったら、奥さんの名前と今住んでいるトコを教えてもらおうか」

「え、名前はともかく、住所って……まだまだ私につきまとうつもりなんですかっ！」

「へへ、これからも肉便器生活が続けられるほうが、奥さんにとっても幸せだろ？」

　いきなり肉棒を挿入する。焦がれるほどに待ち望んでいた大好物に深々と貫かれて膣腔が派手にヒクつく。

「あんっ、イクイクマンコぉっ、深いぃっ、突き上げられますっ、あぁん、埋め尽くされるのぉ！」

「どうだ、こいつを忘れられるか？　いや、無理だよな、だって牝マゾに覚醒した生来の肉便器だしよ」

「あふぅ、あんっ、あぁっ、ひ、卑怯ですぅっ、くはっ、だってこんな、あひっ、熱くて硬いチンポ……っ！」

「たまらねぇだろ、脳みそ痺れて子宮が蕩けそうだろ、はははは、そういう牝だもんなぁ奥さんは」

長大な肉槍を付け根までねじ込んだまま、膣内をかき回しにかかる。霞はたちまち夢見心地の喘ぎ声を漏らしてしまう。

「ふっく、んんぅ、か、かき回さないでぇ……っ、ひぃ、ひぃっ、凄いのぉ、あぁん、ダメぇ……っ！」

「可愛いもんだな。ちょいと挿れてやっただけで、すぐに甘い声で悶えやがってよ」

「ふぅ、ふぅ、んぁ、も、もっともっとぉっ、もっとチンポ激しくぅ、いつもみたいにオナホレイプでっ」

「おっと、はしたなく吸い付こうたってそう簡単にはご馳走してやれねぇな」

サッと腰を引いて、肉棒も引き抜いた。慌てて膣口が追いすがろうとするが拘束具がそれを許さない。

「んぁ、あぁん、ど、どうしてっ！」

「心の底から愉しむ前に答える質問があっただろうが」

「はぁ、はぁ、あぅ、そ、それは……その……」

「どうした。このまま肉便器扱いは中止してやってもいいんだぞ。今から慌てて旦那さんのチンポに泣きつくか？」

　圧倒的な有利な立場を笠に着て、恥辱の決断を迫る。霞にしても逃げ場のない袋小路に追い詰められていく被虐感にゾクゾクするような興奮を覚えていた。

「くぅ、待ってください、あなたのサイズじゃなきゃ、もう私の身体は……っ」

「もう、なんだ……？　へへ、ほらどうした、牝は素直なのが一番だって何度も教えてるだろうが」

　またネチネチと勃起クリを亀頭でこね回してやる。どうあっても屈服するしかないのは軽介も霞も分かっていた。

「あっ、あっ、ふぁっ、ズルイっ、卑怯者ぉ、あなたは悪魔ですぅ、こんな、あっ、じ、焦らされたら……。んぁ、分かりましたぁ、降参ですっ、正直に答えますぅ、私は霞っ、名前は速水霞と申しますぅっ！」

「へへ、ようやくかよ。んじゃ、その霞奥様の大好物はなんだっ、変態妻の霞さんはどうされたいんだ！」

「ひぃ、か、霞は勃起チンポが大好物ですっ、あはぁ、絶倫チンポで種付けマンコされるの大好きですぅっ！」

「よしよし、その調子で住所やらなにやら、個人情報もバンバン白状してもらうぜ。覚悟しな！」

　再び胎内の凌辱が始まった。もちろん霞としても望むところだ。激しい抽送に迎合するように貪欲な蠕動で肉棒にまとわり付く。

「ああぁっ、いいのぉっ、くうぅ、ま、また挿れられただけでイッちゃいましたぁっ、はぁ、あぁんっ！」

「身体がチンポの形を覚えていて、条件反射で牝穴アクメするとこまで堕ちちまったのが人妻肉便器ってもんだぜ」

「あぁん、つ、つまり私は正真正銘、救いようのない肉便器になってしまったんですね、あひっ、あぁっ！」

「これで自分がどうやってもチンポに逆らえない生き物だって思い知ったろ」

　子宮への衝撃が波紋のように広がり、脳が痺れるような快感に侵されていく。夫への裏切りでしかない不貞行為を進んで受け入れてしまう。

「は、はいっ、認めますぅっ、あぁんっ、霞はチンポに絶対服従の牝マゾになってしまいましたぁっ！」

「大事にしてくれる旦那さんがいるってのに、俺のチンポに完全支配されるのを悦ぶド変態は誰だ？」

「くはぁっ、私ですぅっ、ザー汁処理専用肉便器の霞が牝穴きゅんきゅんさせて大悦びしてますぅっ！　激しくズボズボ犯されて最高に幸せですっ、もっと犯してっ、乱暴にっ、あぁん、チンポ様ぁっ!!」

「卑しいにもほどがあるぜ、お望みどおり乱暴に愉しませてもらうから、せいぜいいい声で鳴けよ！」

秘窟の次は巨乳に狙いを定めて、勢いよく横殴りに平手をたたき込む。

バチンッ！

「きひぃぃっ！　あぐぅ、痛いっ、あぁぁっ、オッパイ千切れちゃいますっ、あぁっ、あぁっ!!」

「おおぉっ、締まる締まるっ、乳ビンタしてやるとチンポ扱き機能がアップするのがやっぱ牝だよなっ」

とても片手では収まりきらないサイズがもたらす質量感。もっちりした手触りと相まって、軽介は平手で叩くたびに病み付きになりそうな興奮と心地よさを味わった。

「あひっ、痛いのにもっとチンポ感じちゃいますっ、叩かれたオッパイもジンジン熱くなりますぅっ！」

「大切に愛されてもマゾ牝には退屈なだけだからな。やっぱ乱暴に扱ってやってこそ、ご褒美ってもんだぜ」

「ふぐぅ、んはぁっ、お尻以上にオッパイは敏感なのにっ、あひっ、やぁん、とっても痛いのにぃっ！　雷が落ちたみたいなショックで脳みそ灼ききれそうっ、牝穴からの突き上げとあわさって凄いのぉぉっ!!」

霞はあっさりと絶頂に達してしまう。外部からの刺激が引き金なだけに、自力での制御は不可能だ。

「まったく……。俺の許可もなしにイキまくりやがって、マゾっぷりが酷くなる一方じゃねぇかっ」

「あはぁ、ごめんなさいぃっ、あっ、あぁん、で、でも感じちゃうのっ、快感の津波が止まりませぇん！」

「そうかそうか、俺もこのもっちりした叩き心地は気に入ったぜ。やっぱ巨乳はビンタに限るぜっ」

右から左、左から右へと往復して巨乳をこれでもかと責め立てていく。

「ひぃんっ、あぁっ、私もぉっ、あぁっ、肉便器霞もオッパイビンタされるのたまりませぇんっ！　あっ、あっ、夫とのセックスでは得られない新感覚ですっ、ゾクゾクくるマゾの悦びなんですぅっ!!」

「へへ、いい機会だからこのへんでハッキリさせとこうか。奥さんの心と身体はいったい誰のもんだ？」

「あぁんっ、夫のある身なんですぅっ、聞かないでくださいぃ、いくら浮気マンコ中の肉便器とはいえ……っ」

以前の自分にはもう戻れない自覚はあるとはいえ、身勝手な欲望で伴侶を裏切っている後ろめたさはある。もっとも、そんな根が真面目な性格だからこそ、麻薬めいた被虐的な欲望に抗えないわけだが。

「ダメだっ、オラオラっ、今さら貞淑面できる身分かよっ」

「きひぃぃっ、子宮責めぇぇっ、チンポゴリゴリっ、オッパイビンタも激しいですっ、あひっ、あぁぁっ！」

「さあ答えろっ、ちんたらしてたらこの牝穴からチンポ抜いちまうぞっ」

「分かりましたっ、答えますっ、霞の心と身体はチンポ様のモノっ、チンポに支配される人妻奴隷ですぅっ！」

「ははは、即答かよっ、旦那さんに申し訳ないと思わねぇのかっ」

軽介のテンションも急上昇だ。いい女であればあるほど自分の子種で孕ませてやりたくなるのが牡の本能だからこそ、他人の女を寝取って服従させた達成感はひとしおだった。

「あはぁっ、あなたごめんなさいっ、許してぇっ、あひっ、で、でもチンポがっ、チンポがぁあぁっ！　凄いのっ、気持ちよすぎますぅっ、あひっ、あぁんっ、もう肉便器にされない生活なんて考えられません‼」

「ま、奥さんには同情するぜ。これだけ性欲の強い淫乱マゾだってのに、初めての男が粗チンだったなんてよ」

「あぁん、で、でも今はこうして絶倫カリ高チンポに出会えましたぁっ、あひっ、最高のチンポ様ですぅっ！　んはっ、どれだけ嫌がってても一方的にオナホにされ続けるのが、ぁぁんっ、多幸感あふれまくりですっ‼」

魚心あれば水心。ハメ具合が最高の身体さえ好き勝手できればそれでいい軽介ではあるが、恥も外聞もなく肉棒ほしさに媚びて甘えてくる黒髪美人の姿には、これはこれで愛着が湧いてくるというものだ。

「これから先、ずっと奥さんは俺の肉便器だぜ。俺の言うことはなんでも聞く絶対服従オナホ奴隷ってな」

「あぁん、もちろん承知してますっ、あひっ、優秀なザー汁処理用の牝オナホとして存分にご利用くださいい！」

「つっても、離婚しろとは言わねぇよ。むしろ、旦那さんの稼ぎからこつこつへソクリを貯めて、俺に貢ぎな」

「はぁい、仰せのままにっ、内助の功を隠れ蓑に、献身的にチンポ様の肉便器を務めればいいのですね！」

甲斐性の欠片もない寄生虫のヒモ男宣言をされても、霞の態度に変化はない。メンタルそのものが肉便器へと変質してしまっているからだ。

「ちゃんと自分の立場を理解してるようでなによりだわ。んじゃ、さっそく有言実行してもらおうか」

「くうぅ、ぁぁん、どうぞご自由に霞の身体を使ってくださいっ、なんでも命令してくださいっ、あはぁっ！」

「奥さんの身体はすべて俺のモノ、当然卵子も俺のモノ、だから全ての卵子は孕ませ遊びに使わせてもらうぜ」

「あっ、あっ、くひぃっ、かしこまりましたぁっ、霞の卵子、あぁん、ぜぇんぶチンポ様に捧げますぅっ！」

「へへ、いったい何人まで孕めるか今から楽しみだぜ。そうだな、十人越えたら特別ボーナスでもやるか」

肉棒に気合いを込めて、これでもかと腰を打ち付けていく。ただ性欲処理に使えればいいという傲慢な抽送に、是が非でも孕ませてやろうとする意思が加わる。

「うあっ、あぁっ、くひっ、おおっ、好き好きチンポぉっ、チンポ様のためなら人生破滅も後悔しませんっ！」

「そら孕めっ、忠誠の証に受精してみろっ、後でクレカと銀行口座の暗証番号も白状させてやるぜっ」

「ひぃ、ふはぁっ、もちろんぜぇんぶ受け入れますっ、あぁっ、個人情報もプライバシーも捧げますぅっ！」

「不倫や浮気なんて生やさしいもんじゃねぇっ、心の底から旦那を裏切る淫売以下のオナホ奴隷が奥さんだ！」

女を辱め、嬲って犯すことに性的な昂ぶりを覚える男の所有物にされてしまったからには、人として女らしい幸せはもう二度と手に入れることはできない。しかし、それでも霞に悲壮感はなく、心から牝の悦楽に酔いしれている。

「あぁっ、くはっ、霞はチンポのために人間やめますっ、ザー汁処理のために一生オナホとして仕えますっ！」

「いい心がけだっ、その気持ちに免じて中出ししてやるから、チンポ乞いを越えた孕み乞いをしてみろっ」

「くひぃ、霞はチンポ様の奴隷ですぅ、肉便器ですぅ、夫を裏切りチンポ様に永遠の忠誠を誓いますぅっ！」

心の片隅では不貞の罪で地獄に堕とされても文句は言えないと理解しつつも、被虐の快感が魂の救済さえ望めない肉便器という破滅の道へと霞を歩ませてしまう。

「あっ、あぁっ、キンタマにパンパンの子種も全て受け入れますっ、孕ませ遊びに全力でご協力しますぅっ！　あはぁ、牝マゾ霞を人間失格の肉便器と思っていただけるなら、どうかこのまま種付けお願いしますっ!!」

「孕んだ子供は俺の知ったこっちゃねぇぞ。俺は認知しないから、奥さんが責任を持って育てろな」

「あっ、あひっ、お任せくださいっ、夫との子供として育てますっ、霞は肉便器らしく托卵妻になりますっ！」

「へへ、とんでもねぇあばずれに成り下がったな。さあ、このまま孕んでみせろっ、うおぉおぉっ！」

下腹部に力を込めて肉棒で牝穴を荒らし回る。女の尊厳を踏みにじり、己の従属物の証とするために霞を妊娠させようとしていた。

「おふぅっ、あぁっ、あぁんっ、チンポ中出しカウントダウンっ、あひっ、くうぅ、ピストンチンポぉっ！　くださいっ、子種出してぇっ、キンタマきゅんってせり上がってますっ、子宮も受精ポジションですっ！　あぁん、くるっ、チンポ、くひっ、ザー汁くるっ、特濃ザー汁っ、あひぃっ、出してっ、孕ませてぇぇっ‼」

気が触れたように孕み乞いを繰り返す人妻の絶叫に応えるように、軽介はケダモノそのものな咆吼を上げながらこれでもかと精を放つ。

子種が一斉に子壷に殺到する衝撃に押し上げられて霞は絶頂した。

「おほぉおぉっ、くぐぅっ、イクイクぅうぅっ、ひぃっ、ザー汁いいぃっ、中出しアクメマンコぉおぉっ！　ひぃっ、んはぁっ、イキまくりいぃっ、おふぅっ、またイクっ、連続アクメっ、どぴゅどぴゅ熱いのぉっ‼」

「おらおらっ、孕め孕めっ、くうぅ、おおぉっ、どうだっ、コレで霞は俺の孕み牝だぜっ！」

「くはぁっ、もっとくださいっ、子種気持ちいいっ、ザー汁どぴゅって子宮犯してくるのぉおっ！　またイクぅっ、あぁっ、ふおぉっ、最高ですぅっ、ひぃ、ひぃ、チンポ様凶悪過ぎますううぅっ‼」

のたうち回るような激しい痙攣を繰り返すたびに、拘束ロープがギシギシと軋むような

肉便
ポ大好き
露出

音を立てる。

「それをいうなら霞の牝穴がド淫乱すぎるぜっ、貪るように締め付けて吸い尽くそうとしてくるんだぜっ！」

「あぁんっ、溢れかえるぅっ、ザー汁たっぷりっ、あひぃっ、中出し最高ぉっ、いいっ、チンポいいいぃいっ！」

痺れるような快感が脊髄を伝って脳を直撃していた。頭の中で爆竹を鳴らされているような連続した衝撃が収まるころには、霞の表情から知性らしきものがスッポリと抜け落ちてしまう。

「あはぁ、はぁ、あぁん……っ、こってり特濃だから粘膜にへばりつく感じが凄いですぅ……っ！　はぁ、あふぅ、キンタマいい仕事しすぎですぅ、あぁん、素敵ぃ、はぁ、はぁ、たまりません……っ‼」

「おっと、余韻に浸ってるヒマはねぇぞ。なんせ、チンポはまだカチカチだからな」

「んっく、あぁん、も、もちろんですぅ、牝穴オナホは最後の一滴までザー汁を吸い尽くしまぁす……っ！」

「今日は夜になっても解放しねぇぞ。朝になるまで全身肉便器づくしを覚悟しなっ」

以前なら顔色を失っていたであろう非情な宣言も、今では牝の眼差しでうっとりと聞き惚れている。

「はぁ、あぁん、もちろん霞に否はありませぇん、たとえ気絶しようがお構いなくオナホにお使いください！」

「へへ、イキすぎて奥さんの頭がイカれるのが先か、俺のチンポが満足するのが先か、愉しみなこったな」

絶頂直後で息の荒い霞だが、軽介は休憩を挟むことなくお構いなしに犯していった。

自画自賛するだけあって、軽介はまさに絶倫と呼べる性豪だ。霞は快感に翻弄されるまま、その身体を貪られていく。

「あひっ、あぁんっ、うれしいですっ、もっと牝穴使ってぇっ、あひっ、オナホマンコすごいですぅっ！　くはぁっ、ザー汁泡立ちますぅ、チンポで攪拌っ、あぁんっ、ぐちゅぐちゅ牝穴鳴りまくりぃいぃっ!!」

やがて日が落ち、室内は月明かりが照らすだけとなる。妖しく絡み合う男女の身体はまだまだ精力に満ちており、人妻の嬌声も響き続けている。

「おぉんっ、ふはぁっ、か、霞マンコぉ、またイキまひたぁ、あぁんっ、ザー汁ありがとうございましゅぅ！　くひぃ、頭おかしくなりゅぅ、あぁっ、子種漬け子宮ぅ、ふはっ、百一回目ろぉ中らしアクメぇえぇっ!!」

そしていつしかまた日が昇り、ムッとするような濃厚で淫らな性臭が立ちこめる部屋の中。それでも霞は白痴めいた絶叫をあげさせられていた。

「あぁあぁっ、あはぁ、ふほっ、おぉおんっ、ちんぽぉっ、あぁっ、あぁぁ、まんこぉっ、まんこぉおん！　きひぃ、くほぉっ、おぉぉっ、いいぃっ、おふぅ、うあぁっ、くひっ、ちんぽっ、ちんぽぉおおぉんっ‼」

ふたりとも汗だくだった。ベッドシーツも汗と体液を吸ってグッショリと濡れている。

ようやく軽介が霞から離れたのは、そこからさらに三時間後だった。大きく満足げに息を吐き、額の汗を拭う。

「ぷふぅ、あ～、やりまくったぜぇ～、ははは、さすがにチンポがヒリヒリするな」

「かひっ、はぁ、あぁ、あぁぁ……っ、あ～……あくみぇまんこぉらろぉ、あはぁ……っ」

「へへ、あんまりイキすぎて人間の言葉すら満足にしゃべれなくなっちまったか。霞奥さんは真性肉便器なんだから、ちゃんと最後はチンポへのお礼をしなきゃダメだろうがっ」

どれだけ霞が消耗しようとも、思いやりや気遣いをする様子はない。そんな自己中でしかない軽介の言葉に、霞は心からの感謝と崇拝をもって官能の笑みを浮かべる。

「あはぁん、か、かすみぃまんこぉ、はぁ、あふぅ、ごりよういただきぃ、ありがろうれふぅ……っ！　かすみまんこぉ、あはぁ、ちんぽしゃまにぃ、たくらんめいれい、うれしれふぅ、すきすきぃ♪　はぁ、はぁ、ど、どうかぁ、これかりゃもぉすえながく、あぁん、まんこおなほぉ、おねがいれぇふ♪」

躾けられた肉便器の本能がおもむくまま言葉を紡ぎ、うっとりと蕩けきった牝顔を晒し続けていた。

エピローグ

夫の待つ日常へと帰宅した霞は、バカンスでの出来事はタチの悪い悪夢として胸の内にしまい込み平和な生活を取り戻した。

……かに見えたが、すべてはもう手遅れだった。

主人の言葉にならなんでも無条件で従う完全隷属肉便器と化した人妻が、肉欲の乾きに耐えられるはずもなかったのだ。

軽介は霞が住む街に引っ越し、アパートを借りてニート暮らしを始め、その生活費は全て彼女に負担させた。

霞は足繁く軽介の元を訪れ、常軌を逸した背徳の宴にその身を捧げる日々を送った。


そして、一年近い月日が流れ——

ふたりは思い出深いビーチに戻ってきた。俗にいう不倫旅行で、軽介にすればちょっとした里帰り気分だ。

「お～、なんか久々だな～。ちょっとばっか感慨深いものがあるぜ」

「ふふふ、そうですね。ここは霞とご主人さまが始めて出会った場所ですし」

「その水着も懐かしいんじゃねぇの」

隠すべき肝心な部分が意図的にくりぬかれた下品なビキニタイプ。霞は早くも柔肌を火照《ほて》らせていた。しかもその腹部は、あきらかに妊婦の膨らみを帯びている。

「え、ええ。周りの視線が乳首や股間に突き刺さる感覚っ！　本来なら隠すべき所をあえて目立たせてしまう水着なんて……っ！」

あえてマリンスポーツや海水浴客が見込める連休を狙ってやってきたので、軽介の思惑どおりの展開になっている。

「あはぁ、この被虐の悦びを煽り立てる穴あき水着でなければ、味わえませんものぉ♪」

「見られる快感にすっかりドハマリしちまったな。初めのころは死にそうなくらい恥ずかしがっていたのによ」

「ど、どなたのせいだと思ってるんですか。あんな、麻薬のような妖しい快楽を何度も味わわされたら誰だって……」

「単に生まれついての淫乱ドマゾの奥さんが、自分の本性に目覚めただけじゃねぇか」

堂々と霞の尻をなで回すと、霞はペットが甘えるように身を寄せる。

「くす、……ですね。もうご主人さまには感謝の念しか湧いてきません♪」

「おいおい、感謝のかたちは身体で示すのが肉奴隷の作法だろうが」

「あふぅ、失礼しました。で、ではっ」

軽介の無茶振りは、もうすっかり慣れたものだ。その意図を察して、人目を引く場所だというのに平気で秘裂丸出しのガニ股になる。

「感謝のオナホマンコ丸見えのポーズぅ！　どうか、周りのみなさんもご覧になってくださぁい‼」

あえて大声を出すことで注目を集めてから、小刻みにテンポ良く腰を前後に揺すりだす。

「これこのとおりですっ、おかげで今では霞は立派なザー汁処理屋さんになれましたぁ♪」

「いいね〜、あちこちでギョッとしながらこっちを見てるぞ」

軽介はほくそ笑む。実は事前にネットで人妻の露出予告を勝手にばらまいていたりする。地元のコミュニティにそれとなく情報を流すのはお手のものだ。

「あぁん、ダメぇ♪　恥ずかしいマン汁がまた垂れ流しになっちゃいますぅ♪」

「へへ、マゾ魂に火が付いたか。ちょうどいいし、このまま動画撮影を始めるとするか」

軽介がスマホを取り出すと、霞は咎めるように、それでいてどこか照れくさそうに口を尖らせる。

「も、もう、どうせ初めからこの場で霞の惨めな肉便器シーンを撮るつもりだったんでしょう？　せめてネットにあげて配信するときは目線くらいは入れてくださいね♪」

「分かってるよ、めんどくさいことに巻き込まれるのは勘弁だしな」

霞が警察に目を付けられたり、知人にバレて恥ずかしい思いをしたりするだけならべつに気にしない。

鬱陶《うっとう》しく思うのは自分になにかあった場合だ。仮に肯定的に受け入れられて、エロ系メディアからインタビューや出演依頼があっても軽介には興味がないことだった。

「ただし修正が完璧なのは俺の顔と声だけで、霞のはかなりいい加減になるかもしれないぜ」

「それはさぞや牝の羞恥心を刺激する出来映えになりそうですね。今から想像するだけでゾクゾクしますぅ♪」

「だったら今日もさっそくチンポの相手をしてもらうぜ。まずはパイズリフェラからだ」

「はい、では失礼しますね♪」

仁王立ちする軽介の前で跪き、うやうやしく肉棒を取り出すと、うっとりと愛おしげに乳房で挟み込んできた。その豊満な乳房で扱くだけではなく、口唇や舌も使って心のこもった奉仕を行う。

「あむぅ、ちゅ、れろろ、硬くて熱い愛

しいチンポ様ぁ、どうか好きなだけザー汁を吐き出してくださいね♪」

「そっちこそ舌が酷く熱を帯びてるぜ。すっかり興奮してるじゃねぇの、この牝マゾの奥さんときたらよ」

「それはだって、こんな破廉恥な水着を着せられた時点で、れろん、発情しちゃいますよぉ、んじゅぅっ！　んっく、んふぅ、オッパイオナホと口マンコオナホ、れろろ、どっちも大好きなご奉仕ですし♪」

それは霞の本音だった。男を射精させることが自分の存在理由だと心の底から信じている。

「どっちもなにも、苦手にしてるテクニックなんてあったか？」

「いいえぇ、れろろ、牝穴扱きにケツ穴扱き、手コキ足コキ、ヒザ裏マンコに脇マンコも大好きでぇす♪　ちゅ、ちゅ、髪コキしながらのザー汁シャンプーされたときは、しばらく臭いが取れなくて焦りましたぁ♪」

軽介は相変わらず自分のやりたい放題だった。霞がどれだけ苦労しても気にしない。あれやこれやと貢がせるのも当然の権利として受け取っている。

「マゾ牝にはご褒美でも結婚している人妻としては、そりゃ困るわな。よく旦那さんにバレなかったもんだぜ」

「れろろん、そのとき、夫は出張中でしたから、んく、そもそも最近もほぼ単身赴任状態でずっと忙しいようで」

「ま、おかげで俺が好き勝手に奥さんの身体で遊べるんだから、ありがたい話だわ」

「霞も頻繁に肉便器奉仕に励むことができるので、長期出張に不満はありませぇん、れろん、んちゅぅ……っ」

今回もひとりで留守番しているのは寂しいと夫に甘える振りをして、だったらまた気晴らしの旅行にでも行ってくればいいと言質を取ってのものだった。

「せっかく撮影してるんだ。奥さんの順風満帆な肉便器生活を語ってみろよ」

「は、はい！　みなさぁん、ご覧のとおり、霞は妊娠してますぅ、じゅぷぷ、オッパイもほら……っ」

少しばかり強めに圧迫すると、乳首から糸のように細いミルクが幾筋も噴き出す。

「あぁんっ、ほらぁ、しっかり母乳が出ますぅっ、感じると射精みたいにピュ～っと飛び散るんですぅっ！　れろん、じゅるる、ちなみにぃ、お腹の赤ちゃんは夫の子種ではなくぅ、ご主人さまの子種でぇす♪」

「愛する妻のために今も身を粉にして働いてるってのに、旦那さんも報われねぇ男だぜ」

「家ではちゃんと良妻として対応しているので、んちゅぷ、夫にはそれで十分だと思いまぁす♪　れろろん、そもそもぉ、今の霞は托卵命令を受けて興奮して悦んでるバカ牝ですからぁ♪」

うれしそうに腰をくねらせて、腹部の膨らみをスマホのレンズの前で主張してみせる。

「へへ、初めて会ったころはあんなに旦那さんのことを愛してた女がこれだ。牝の心変わりは恐ろしいぜ」

「ちゅ、ちゅ、托卵のアリバイのため肉便器になってから一度だけ夫とセックスしたんですけど、れろん♪　あまりの粗チンっぷりに、一気に冷めましたぁ、ちゅ、れろろ、れろん……っ」

　その顔に侮蔑の色はない。あくまで自分が不道徳な告白を強いられるまま口にすることに、背徳的な興奮を覚えているだけだ。

「あふぅ、むしろなんでこんな男を好きだと感じていたのか、昔の自分が自分でも不思議なくらいですぅ♪」

「そんなに、奥さんにとって衝撃だったのかい」

「はぁい、本気を出して全力全開になったチンポ様がペットボトルならぁ、夫は親指サイズでしかないんです。はぁ、あぁんっ、カップ麺タイマーにすらならない早漏チンポなんてあんまりですぅ、ちゅぷぷ……っ」

そのときの光景を脳裏に浮かべ、夫への失意よりも、それでがっかりしてしまう自分の変りっぷりにこそ自虐的な気分になり、マゾヒスティックに昂ぶっていく。

「じゅるるぅ、ヘコヘコ腰を振っても子宮に全然届かないチンポなんて、もうチンポじゃありませぇん♪　しかもぉ、一回出したら復帰するまで三日はかかるなんて……っ、れろろ、れろん……っ、はぁ、はぁ、あれじゃ一日中でも肉便器してたい霞は欲求不満で頭がおかしくなってしまいますぅ！」

「やっぱチンポは絶倫チンポに限るか？　それでなくてもこの牝穴は俺のチンポの形になっちまってるしな」

軽介は自慢げだ。この話を耳にした男なら、誰でも羨むに違いないと確信している。

そして霞も誇らしげだ。

「もちろんですぅ、れろろ、霞はこのチンポ様にベタ惚れですぅ、いくらでも貢ぐサイフマンコですからぁ♪　今回の旅費も全て霞が出してますぅ、ちゅ、れろろ、快適なザー汁処理を提供するのが霞の使命でぇす♪」

「普通の感性を持ってたらどん引きするような辱めにこそ快感を覚える牝マゾが奥さんだもんなぁ」

「レイプチンポでマゾに目覚めて肉便器なんて卑しい存在に堕ちた霞はぁ、一生チンポ様に尽くしまぁす♪」

「んじゃ、敬愛精神溢れるオナホ奉仕で、まずは一発スッキリさせてもらおうか」

それでなくてもマシュマロのような感触で挟み込まれるパイズリは、幸福な気分になれる心地よさがある。そこからさらに母乳が貯まってずっしりした質量感が加わった豊乳は、ボテ腹オナホならではの特典で性欲処理もはかどるというものだ。

「はぁい、チンポ様ぁ♪　じゅるる、じゅぷぷ、好き好きチンポぉ、れろろ、とっても愛しいチンポ様ぁ♪　れろろ、オッパイオナホでシコシコチンポぉ、じゅるる、我慢汁もとってても美味しいでぇす、じゅるぷぅ！」

淫蕩で熱心な奉仕によって、睾丸に溜っている子種は一気に吸い取られてしまう。

勢いのある射精で、霞の顔やら胸元が次々と白濁まみれになっていく。

「あぁん♪　あぁっ、いいいぃっ、ぶっかけアクメぇっ、あはぁ、熱いのいっぱいっ、もっとかけてぇっ！」

「くうぅ、どうだ霞が大好きなザー汁パックだぜっ、顔中に好きなだけ匂いを染み付けろっ」

「くひぃっ、あぁんっ、うれしいですっ、ありがとうございますぅっ、あはぁ、この勢いがたまりませんっ！　まるで間欠泉ですぅっ、あっ、あんっ、熱い粘塊を肌にぶちまけられる感触っ、極上の愛撫も同然ですっ！　あはぁ、指で摘めそうなくらいプルプルゼリーもたっぷりぃ♪　素敵ぃ、好き好きチンポ様ぁぁんっ‼」

歓喜の声はあまりにも下劣で艶めかしかった。衆目の視線がますます集まる。それを意識して霞は性奴隷らしく従順に媚びた感謝の礼をする。

「あふぅ、ちゃんと申し付けどおりにキンタマをスッキリさせていただきましたぁ、あは

ぁ……っ、カチカチ勃起チンポの暖機運転は十分かと思います、次は思う存分に自慢の孕み穴をご堪能くださぁい♪」

「奥さんの肉便器具合は絶品だしな。出したそばからキンタマがムズムズしてくるぜ」

「でしょう？　あぁん、さあさあ、ご命令ください。お望みのままに霞は肉便器奉仕しますからぁ♪」

「よし、だったら尻をこっちに向けるかたちで上に乗ってもらおうか。いつもの淫乱っぷりを期待してるぜ」

「はぁい、お任せくださいっ、では、失礼しまぁす……っ！」

　ボテ腹を目立たせるために背面座位での奉仕を命じた軽介に、霞はいそいそととてもうれしそうに腰を下ろしていく。

　準備万端に濡れそぼっている膣穴に剛直が入り込んでくると、感極まったような嬌声を高らかに響かせた。

「んんんぅうぅっ、チンポずっぽり入りましたぁっ、あはぁ、うれしいぃ、牝穴はしゃいじゃううぅっ！　そ、それにこの向きだと……っ、こっち見てくる人と、あぁん、目が合いまくりですぅ……っ‼」

「わざわざ人目に付くトコ選んで青姦してるのは、奥さんの姿を見せびらかしてやるためだしな」

「あぁっ、あんっ、ネットと違って目線もモザイクもない、完全無修正で全部見られちゃうのにぃ！」

下卑た笑みを浮かべている見物人の数は、ひとりやふたりではない。視姦される興奮に膣腔が艶めかしい肉棒扱きを勝手に始める。

「被虐の快感を味わうにはいい機会だし、自己アピールでもしなよ」

「んはっ、今撮ってる動画をネット配信されるだけでも、気絶しそうなほど恥ずかしいんですよ？」

「誰に見られてるか分からない恥ずかしさと、ジロジロじかに見られてる恥ずかしさは別口だろうが」

マゾの感性からすれば、同性から向けられる汚物でも見るような蔑みや嫌悪感に満ちた視線は極上のご馳走になる。

「はい、男性からのエロ目線は気持ち悪くてゾクゾクしますけど好意があって可愛いもんです♪　同性からの視線には好意がありませぇん、悪意剥き出しで心を抉られるような屈辱感が、もう、もうぉ♪」

「へへ、ド変態マゾはこれだから。ほら、おあつらえ向きに女性の海水浴客がチラホラいるぞっ」

軽介が指さした先には、霞よりも少しばかり年下と思われる数人の女性が固まっていた。もちろん、公衆の面前で青姦するような頭のおかしいカップルを見る目は冷え切っている。

「あぁん、感じます感じますっ、あひっ、ビンビン視線がぁっ、いいぃっ、好きなだけ見てぇっ！」

「だから自己アピールしろっつってんだろうがっ、おらっ、このデカチチも握りつぶしてやるからよっ」

「んひぃっ、あっ、あっ、私は腹ボテマンコでザー汁処理大好きな霞でぇすっ、浮気マンコの托卵妻でぇす！」

「そらっ、もっとヨガリ鳴けっ、派手に腰振って奥さんが人間失格の肉便器だって知ってもらうんだろっ」

軽介は鷲づかみにした乳房をこれでもかと握りしめる。とたん、水鉄砲のように母乳が飛び散った。

「あぁあっ、オッパイ搾りぃっ、あひっ、あぁん、搾乳アクメぇっ、ひぃいっ、くひぃぃん♪　ふはっ、ボテ腹子宮を勃起チンポで突き上げられながら、オッパイ握りつぶされるの最高ですぅっ！」

「孕み牝でしか味わえない刺激だけに、奥さんとしても俺のチンポに感謝しまくりだろっ」

「あんっ、あぁっ、もちろんですぅっ、これは夫の粗チンと貧弱な子種では望めない悦楽でぇす♪」

霞はますます盛り上がっていく。倫理観が変質してしまった今では、肉便器扱いされることに誇りさえ抱いている始末だ。

「あぁんっ、いいのぉっ、みんな見てぇっ、霞は今とっても幸せでぇすっ、あひっ、ああぁっ！」

「おお、確かに大悦びだなっ、なんだこの淫乱な締め付けはっ、こりゃサキュバスが裸足で逃げ出すぞっ」

「あぁっ、あんっ、霞はチンポ狂いですぅっ、愛されたいとも大事にされたいとも思いませんっ！　ひたすら欲望のはけ口にされて、くひぃ、ザー汁処理人形として乱暴な扱いを受けるのが本望ですっ!!」

霞の腰振りは積極的で、浅ましい叫びが心からのものだと観客に訴えていた。軽介も調子に乗って、無様な人妻を罵ってやる。

「この母乳だって本当は赤ちゃんのご飯だってのに、気持ちよくなれてラッキーとしか思ってねぇだろっ」

「あんっ、だって感じちゃうんですっ、乳首からビュ～って勢いよく噴き出ると甘く蕩け

るんですぅっ！　あひぃっ、母乳が貯まってオッパイがパンパンに張ってるところから一気に搾られるの病み付きですぅっ！」

「へへ、ま、俺もキンタマがパンパンなところから一気にぶちまけると最高にスカッとするしな」

「あっ、あっ、はいぃ、それと同じですぅっ、貯まってるの出すの気持ちいいですっ、オッパイ射精ですっ！」

見られることで恥女扱いされる精神的な快感と、妊娠済みの子宮を責められる肉体的な快感の相乗効果で、霞の脳髄は今にも灼きつきそうだった。

そして、貪欲なことにますます被虐の快楽を得ようと、霞は無様で滑稽な姿をこれでもかとアピールしだす。

「あはぁ、マゾ牝のオッパイはキンタマと同じぃっ、たっぷり白いの作るんですぅっ、あっ、あぁぁっ！」

「ははは、向こうのお姉さんが奥さんのこと頭おかしいって目で睨んでるぜっ」

「ごめんなさいぃっ、でも仕方ないんですっ、霞はもう肉便器だからっ、チンポ大好き牝奴隷だからっ！　あんっ、赤ちゃんいる子宮をチンポで責められてもイヤじゃありませんっ、だって気持ちいいからですっ!!」

「俺も気にしないぜっ、この卑しい牝穴で気持ちよく愉しめるかどうかしか、肉便器には求めてないしなっ」

霞の腰振りに合わせて突き上げてやる。ボテ腹が揺れるほどの激しい抽送は母胎への気遣いが全然ない、なによりの証左だ。

「あはぁ、その点に関しては自負しておりますぅ、霞ほどチンポに役立つ牝マゾはおりませぇん♪　くぐぅ、んはっ、妊娠もチンポ様に屈服した証ですっ、牡の所有物になった牝の義務ですぅっ！」

「そうだぜ、霞は俺のモノだっ、人妻の痴態はネット配信での人気も高いし、ホント役立つ肉便器だわなっ」

「あぁんっ、もっと霞を使ってくださいっ、ネット肉便器妻KASUMIで高評価クィーンになりますぅっ！　くひっ、夫はまだ霞のことを貞淑な良妻だと思ってますけど、あぁっ、こんなチンポ狂いのマゾ牝なのっ‼」

母乳の噴出も多くなる。霞が興奮して全身の感度が上がってきたからだ。

「得意なのは旦那さんの世話じゃなくて、俺のチンポの世話だしなっ」

「あんっ、あぁっ、当然ですぅ、夫はめったに家にいませんけど、チンポ様とはほぼ毎日会ってますからぁ♪　自宅の夫婦のベッドでわざわざ肉便器奉仕させられるのも、しょっちゅうでぇす♪　あひっ、あぁんっ！　んはぁっ、牝穴でチンポ扱きしながら、夫とスマホで電話させられるのも珍しくありませぇん♪」

「アレってマジで旦那さん気づかないのな。霞の演技が上手くなっているせいにしてもよ」

「あはぁ、仕方ありませぇん、元もと鈍いのもありますけど、本気で感じてる霞を知らないのが大きいです♪」

　男に媚びた膣壁の蠢《うごめ》きも、軽介のサイズがあってこそだ。膣腔をすきまなく埋め尽くすような剛直でなければ、牝のスイッチも入りようがない。

「へへ、この奥さんときたら旦那さんの粗チンじゃ一度も牝の悦びを感じたことがないんだもんな」

「はぁい、チンポ奉仕でどうしても息が荒くなってしまっても、電波が悪いから、で納得しちゃいまぁす♪　思わず大きな鳴き声をあげてしまっても、あぁんっ、ゴキブリが出てビックリした、で誤魔化せちゃいます♪」

「いっそのこと、こんどは電話越しでガチ喘ぎを聞かせるのも面白そうだぜっ」

　ちゃかすような物言いだが、軽介が本気なのはこれまでの付き合いで霞には分かった。おそらく今夜にでも間違いなく、犯されている最中に連絡を取らされるハメになるだろう。

「あひぃっ、さすがにそれはバレちゃいますぅっ、あんっ、あぁっ、で、でもご命令というのなら♪」

「ははは、ちゃっかり期待してるんじゃねぇよっ、この奥さんときたらマジ救えねぇ牝マゾだぜっ」

「あっ、あぁっ、チンポ様には絶対服従なのが肉便器の霞ですからぁっ、あんっ、あぁっ！たとえどんな目に遭ったとしても、あぁんっ、ザー汁処理が最優先でぇすっ、あひっ、あはぁっ!!」

「しっかりと肉便器の心構えが身についているようでなによりだぜっ、んじゃまた勤めを果たしてもらうかな」

　子宮を小突くような腰使いこそが、主人と奴隷のコミュニケーションだ。阿吽の呼吸で霞は軽介の命令に従う。

「あぁん、お任せくださいっ、あひっ、ギャラリーもけっこう増えてきましたし、あっ、あぁっ！　肉便器ならではの牝穴扱きをご覧に入れまぁすっ、あぁっ、あぁっ、あひっ、チンポシコシコぉぉん!!」

「いいぞっ、どんどんギアあげてけっ、たっぷり搾り取ってみろっ」

「あっ、あぁっ、また中で出してくださいっ、種付け済みの子宮にまた特濃ザー汁ぶっかけてくださいぃっ！　ふはっ、あぁっ、オッパイ弾んで千切れそう♪　もっと揉んでっ、握って潰してぇっ、あひっ、あぁぁっ!!」

　霞もすっかり肉棒奉仕にのめり込んでいた。夫婦生活では感じたことがない被虐的な興奮と悦び、牝として満たされていく多幸感、そのどれもが肉便器の活力になる。

「くうぅ、チンポが熱いぜっ、蕩けそうな肉壷がねっとり絡みついて、グイグイ吸い付いてくるぞっ」

「あひっ、あぁっ、チンポシコシコぉっ、うれしいぃっ、ヒクヒク暴れて中出しカウントダウンですぅっ！　いっぱい出してくださいっ、あんっ、ザー汁たっぷりいぃっ、シコシコがんばりますっ、チンポいいいぃっ!!」

「お、おっ、くぅ、キンタマジンジンしてきたぜっ、さあイクぞっ、霞っ、孕みマンコでラストスパートだっ」

「あぁぁっ、子宮に当たりますぅっ、硬いチンポっ、あひっ、痺れるぅ、熱いですっ、あひっ、あぁぁっ！　シコシコチンポっ、あっ、あっ、キンタマせり上がってザー汁きますっ、あぁっ、シコシコチンポぉぉっ‼」

肉棒と膣腔の淫らな痙攣がシンクロし、軽介と霞は同時に絶頂した。

「イクイクイクううぅっ、んはぁっ、おふぅっ、ザー汁直撃ぃっ、ふあっ、あぁっ、んほぉおおぉっ！　ひぃっ、ひぃぃっ、子宮に連続直撃ぃっ、ザー汁でめった打ちにされてますぅっ、あぁん、もっとぉっ‼」

「くおおぉっ、イッてるときの痙攣が完全にバイブ機能状態だぜっ、さすが高性能生オナホは違うなっ！」

濃厚で大量の精液が妊娠済みの子宮を刺激していた。活きのいい子種が子宮口から潜り込もうとする汚辱感に、霞は歓喜の艶声を抑えきれない。

「あぁんっ、赤ちゃんできてから子宮の感度もうなぎ登りですぅっ、気持ちいぃぅっ、感じるぅぅっ！　おほぉおぉっ、ネットリこってりのザー汁が溢れかえりますぅっ、牝穴の隅々まで染み渡るのぉぉっ‼」

「霞の牝穴はいつでもザー汁吸引力が最高だなっ、尿道の中からキンタマまで全部吸い尽くしてくれるぞ！」

「ひぃ、ひぃ、イクイクマンコぉぉっ、孕みマンコのザー汁アクメっ、またまたチンポに完全屈服うぅぅっ！」

霞は白旗をあげるように恥辱のWピースをもって観衆にアピールした。だらしない蕩け顔は完全に淫乱恥女のそれだった。

「あはぁんっ、霞マンコでしっかりザー汁処理させていただきましたぁっ、あぁん、お腹があったかぁい♪　こ、こうやってたっぷり出してもらえるとぉ、牝の自尊心が満たされますぅ、肉便器として誇らしいでぇす♪」

「俺に目ぇ付けられて捕まっちまったのは、マジ運が良かったな」

「チンポ様のオナホ理奴隷になれていなかったら、ずっと夫のチンポしか知らずにいるところでしたぁ♪　こうしてマゾ牝の本能のままに肉便器していられる生活なんて、まさに霞は牝の勝ち組でぇす♪」

絶頂の余韻で呼吸が荒い霞だが、痴態を撮影されているとあって、いつにも増してはしゃいでいるようだった。

軽介も今以上に人としてあり得ない無様な姿を霞に晒させてやるべく、膣内での放尿を敢行する。

「俺でなきゃ、霞にこんなことも……ほ～ら、してやれないしな！」

精液とはまた違う感触の熱い液体の直撃を胎内に受けて、霞は半狂乱になる。

「あひぃぃいぃっ、オシッコぉおぉっ、くうぅ、ザー汁で敏感になった粘膜にオシッコ気

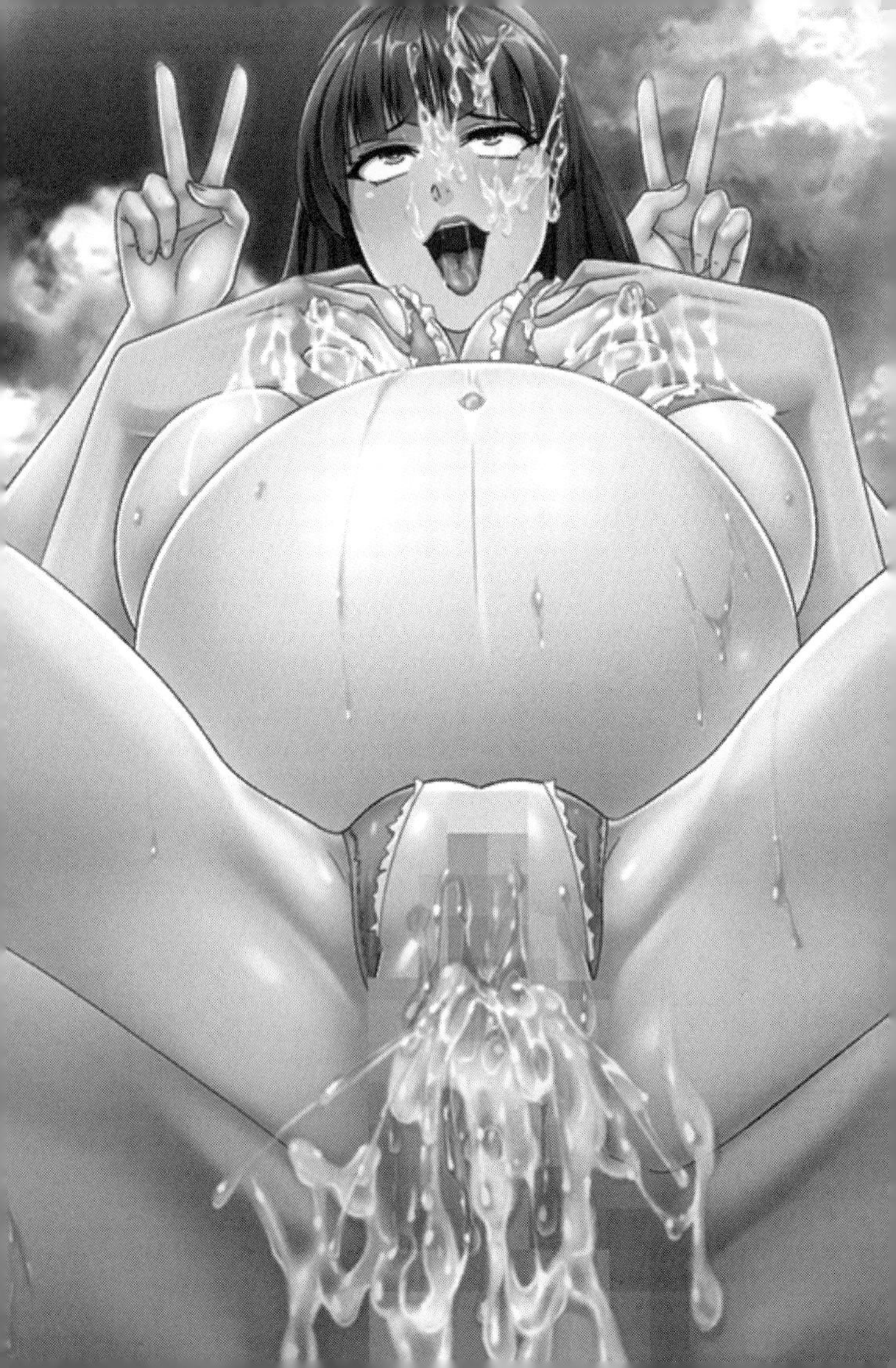

持ちいいですぅっ！」

「へへ、チンポ用便器なら、やっぱちゃんとションベンも出してやらねぇとな」

「あぁんっ、おっしゃるとおりですぅっ、ひぃ、んひぃっ、ジュポポォって牝穴便器うれしいですぅ♪　あぁん、夫だったら絶対に孕みマンコにオシッコなんてしてくれませぇん♪」

夫婦生活への配慮も世間体への配慮もいっさいない、自らの浅ましい欲望を幸せそうに語ってみせていた。常識というしがらみから解放された一匹のマゾ牝は、もはや誰はばかることなく肉便器生活を謳歌している。

「やっぱり霞にはチンポ様が一番っ、チンポ様しかいませぇんっ、いいぃ、オシッコもっとぉおぉおっ！　あはぁ、あなたごめんなさいねぇ、でも粗チンのあなたが悪いんですよぉ♪　霞は生涯をかけてぇ、チンポ様に尽くしますぅ、チンポ様に都合のいいオナホとして生きていきまぁす!!」

霞はビーチ中に響くような大声で、被虐の悦楽に心酔しきった下卑た宣言を何度も繰り返していた。

「ははは、この変態妻ときたらいくらでも貢いでくれて一方的に牡の獣欲をぶつけることができる、都合のいい最高級エロボディだぜっ」

軽介は笑いが止まらない。この先、霞に牝の魅力がなくなるときまで、骨の随までしゃぶりつくし徹底的に寄生していくつもりでいた。

有巻洋太

Yota Arimaki

みなさんこんにちは。ほとんどの方は初めましてかな？
有巻洋太です。

本作はＭｉｅｌ様の同タイトルエロゲのノベライズと
なります。まさか本屋さんの棚で自分の名前を
目にする日が来ようとは……。

まあ、そんなひとり羞恥プレイはさておき、
本作を気に入っていただけた方は、
おひとつゲーム版もいかがでしょうか。

ゲームの特色としては、やはり声があります。
声優さんの熱演によるエロエロボイスはヘッドホン越しに
チンチンをふっくらさせてくれます。スピーカー越しでも
いいですけど、それは勇者にしか耐えられない偉業なので
よい子は注意しましょう。手遅れになる前に。

後悔はあとで悔やむから後悔っていうんですよ。

それではすべての読者様に性癖ドストライクなエロとの
出会いがあらんことを。

オトナ文庫

爆乳《ばくにゅう》水着《みずぎ》人妻《ひとづま》をビーチでデカチンナンパ
～生真面目《きまじめ》ぶって渋《しぶ》るのにハメるとイキまくるマゾ牝《めす》を孕《はら》ませオナホに躾《しつ》ける夏《なつ》～

2019年 6月14日　初版第１刷 発行

■著　　者　　有巻洋太
■イラスト　　T-28
■原　　作　　Miel

発行人：久保田裕
発行元：株式会社パラダイム
〒166-0011
東京都杉並区梅里2-40-19
ワールドビル202
TEL 03-5306-6921

印 刷 所：中央精版印刷株式会社

OB-156